Un nid pour quoi faire

DU MÊME AUTEUR

chez le même éditeur

L'art *poetic'*, 1988.

Roméo et Juliette I, 1989 *(épuisé)*.

Futur, ancien, fugitif, 1993.

Le Colonel des Zouaves, 1997.

Retour définitif et durable de l'être aimé, 2002.

14.01.02, *CD*, 2002.

Fairy queen, 2002.

Olivier Cadiot

Un nid pour quoi faire

Roman

P.O.L
33, rue Saint-André-des-Arts, Paris 6e

ISBN : 978-2-84682-171-1
www.pol-editeur.fr

Majesté, dit-il.

Le Frère du Roi, debout à sa droite, tenant une petite timbale d'argent, contenant du rhum, antidépresseurs pilés ? anticoagulant ?

Buvez ça.

Grande table en épi, pyramide de choux à la crème, gâteau de macaronis, cheveux d'ange au miel, crêpes à tout ce qu'on veut, petit-déjeuner.

Mettez les informations.

Nous aimions la Radio autrefois, dit le Roi à la grande femme assise derrière lui sur un ployant de velours rouge, C'était il n'y a pas si longtemps la radio, l'interrompt la petite Duchesse, c'est vrai, oui c'était en ?

C'était quand ?

Il n'y a pas un temps énorme, j'ai oublié, bref, ils envoyaient l'hymne national en fin de programme, c'était le pays qui s'adressait à vous, adieu, et vous laissait tout seul dans le noir.

Surtout sans électricité, dit la Duchesse.

On avait énormément de bougies, vous savez, dit le Roi d'un ton docte, des bougies très lentes, des milliers de lumens sur des boiseries à la feuille d'or, ça donne, quelle puissance, vous n'imaginez pas, et puis il y avait un groupe électrogène dans la cave, on aurait pu faire démarrer un Boeing, qu'est-ce qu'on était bien dans ce château, c'était exceptionnel, non ?
Reprenez des artichauts.

Nous en avions assez, je vous l'avoue, du Grand Couvert, poursuit le Roi, cette coutume de déjeuner tout seul avec la famille autour, et toute une ribambelle de courtisans debout, tout ça au ralenti, Messieurs, la Viande du Roi, procession pendant des heures, l'enfer, on a simplifié, on s'assoit et on se lève quand on veut, ça bouge, c'est beaucoup plus vivant, petit buffet permanent avec des tabourets, grands tabliers autour du cou, chauffe-plats inox dessinés de ma blanche main, petit-déjeuner, déjeuner, dîner permanents et simultanés, on se prend un sandwich au concombre, on va faire un petit tour si ça nous chante, on fume un cigare, toutes les chaises sont percées, et, regardez, on a la place pour faire les réunions en bout de table, hop, ça se déplie automatiquement, si on veut se faire un petit bridge regardez-moi ça, c'est excitant et pratique, la Liberté ou la Mort, il se lève et esquisse un pas de danse.

La radio ? Vous parliez de la radio, demande Monsieur le Prince.

J'ai oublié, je ne sais plus de quoi on parlait, attendez, je l'ai sur le bout de la langue, la radio ? pourquoi la radio ? attendez, ne cherchons pas, oh Seigneur, chercher, ça brûle une tonne de neurones, et, parenthèse, vous avez beau être Prince du sang, mon cher, on dirait que vous débarquez, on ne Me traite pas de Majesté, quand on s'adresse à Moi on doit dire Sire, c'est clair ? Majesté, c'est réservé à la troisième personne, dans quelle langue il faut que je vous le dise ? Majesté ! Majesté ! appelez-moi Robert pendant que vous y êtes, mille ans pour rien, le Système de la cour, zéro, le b.a.-ba de l'étiquette, aux chiottes, je n'en peux plus.

Pardon, Sire.

C'est à force, de, bégaye le Prince, les gens, ils, à force, ça, ça, on se relâche, Sire, c'est vrai, Majesté, ouille, je, alors, oui, la radio, vous disiez, Sire, que c'était comme une cérémonie.

La radio, Sire ?

Ah oui, la radio, mais nationale, attention, pas les ondes libres, reprend le Roi, la radio d'État, ça c'est bon, ce n'est pas tant par patriotisme, ce qui me touche, non, au fond c'est plus tendre, ce qui me touche, il hurle, voilà ce que je voulais dire, j'ai retrouvé, on retrouve toujours, ouh là, vous avez vu comme on le dit vite, le mot manquant, de peur qu'il ne disparaisse à nouveau, bref, la radio, c'est formidable, des gens travaillent dans l'ombre pour une masse d'inconnus perdus dans nos campagnes, garbure et concert en direct, chaque soir c'était Aimez-vous Brahms dans nos étables, quelle merveille, c'est le contraire de moi aujourd'hui, un petit soleil pour trois pelés, non ? écoutez, ce qui me touche c'est cette parole à domicile, comme les colporteurs autrefois qui vendaient des almanachs, que faire en cas de gelée, comment castrer un poulet, construisez vous-même une serre, zoom sur la maladie du seigle, fantastique, ah c'est mon côté paysan.

Rires de tous les gens massés autour du trône.

Il n'y a rien de drôle, vous savez, on n'est plus Roi aujourd'hui si on ne combine pas l'ensemble des couches sociales, il faut devenir une résultante de tous, voyez, comme on se fait un milk-shake, mais c'est ça, hurlant, c'est ça, un mixer, je comprends enfin ce que veut dire Goethe, oui, on écrase les désirs de chaque classe en un seul jus banane fraise, comme ça, on aura une théorie générale de gouvernement pour tous, c'est ça qu'on veut, nous l'aurons.

Je suis Roi.

Chaque matin, j'étais peut-être le gars plongé dans une marmite par les sauvages hurlants dans mon cauchemar, au réveil, ouf, on est Roi, on se pince, on est Roi, oh c'est merveilleux de se révéler à soi-même toutes les dix minutes, comme une fleur qui s'ouvre et qui se ferme toutes les vingt secondes, un amnésique retombe amoureux à chaque fois qu'il retrouve sa dulcinée, je veux que tu sois Roi, cria-t-elle, je veux que tu sois Reine, cria-t-il, oh c'est moi qui ai la fève, à l'attaque.

Il se glisse sous la table

Ah
surprise.

Ah, je ne savais pas que vous aviez des jambes si longues, si allongées, si fines, comme un cygne noir, en porte-jarretelles, je vous adore.

Miam
ma chère

Il rampe vers une grosse Marquise en kilt.

Imaginez le paradis, libido ad vitam, on entend sa voix sous la table, puis une séquence de voyelles et bruits sourds.

Et hop.

Me voilà de nouveau sur la terre ferme, surgissant des flots de la nappe, comme on s'extrait d'un océan de dentelle, se rasseyant, ah, remet sa perruque droite, souffle comme un bœuf, bon, mon côté paysan, l'amour de la radio nationale, etc., revenons à notre sujet, le pays profond où retentissent les clairons, même si ce n'est pas du patriotisme, nous l'avons déjà dit, au fond, c'est plus tendre, c'est l'idée de la fin des programmes, j'aime les fins, extinction des feux, on descend le drapeau, ça me tire les larmes, ah cette nostalgie, c'est tout ce qui me reste d'ancien aujourd'hui, si je puis dire, j'ai changé, non?

Me regardant brusquement

Approchez-vous
là

C'est à vous que je parle depuis le début

Je parle à la cantonade
mais en fait

Je vous parle.

Il déplie au côté de son fauteuil un petit strapontin comme ceux qu'on voit dans les théâtres, Nous vous avons fait venir pour donner un coup de pied dans la fourmilière, je vous signale que c'est Moi qui ai eu l'idée en premier, ajoute le Roi à voix basse, ils vous diront le contraire, vous allez voir, ils sont jaloux, ils sont bloqués sur leurs privilèges.

Cette cour est trop vieille.

C'est comme si un ministre oubliait de changer de chef de cabinet pendant vingt ans, c'est atroce, ils sont vieux, voilà, c'est tout, il faut que je fasse semblant de m'intéresser à leurs plans, sinon ça les vexe, ils me donnent des conseils idiots toute la journée, j'essaie de les faire rire pour les détendre, c'est le monde à l'envers, c'est moi qui fais le fou, et puis ces costumes démodés, comme si on pouvait faire de la luge en smoking, ah, la luge de compétition, vous connaissez ? c'est fantastique, on est étendu sur une bombe, seconde peau en latex, on vous glisse dans un tunnel de glace, adieu, quelle joie, une bille d'acier dans un canon froid, oh, j'aime le sport, à part le sport, ici c'est désespérant, c'est l'ennui assuré, si vous aviez vu avant, les fêtes en permanence, il y a deux ou trois kermesses avec le village du dessous, le sexe n'est plus une affaire d'État, on a diminué l'alcool et l'opium, vous tombez mal si vous cherchez de l'amusement, je vous préviens tout de suite, la maison baisse, j'ai des gars ici au chalet qui sont en chaussons, imaginez-vous, en u-ni-formes mais en chaussons, ça m'obsède, je n'en peux plus, c'est une cabale par jour, la dernière fois, c'était le parti des Ducs, des heures, des jours de réunion pour se plaindre que leurs fauteuils étaient plus bas que ceux des secrétaires, trois centimètres, vous imaginez, trois centimètres, pitié, je m'occupe de tous les détails, je n'ai plus le temps d'avoir des visions, plus d'utopie pour la société future, je ne serai plus jamais vraiment Roi, c'est leur faute, il s'effondre en pleurant.

Sur un prie-Dieu rouge sombre

Je n'en peux plus
je.

Majesté, vous parliez de mixer ? reprend Monsieur le Prince, en haletant, comme s'il chantait, je vous avoue que je n'ai pas compris l'idée complètement, vous parlez de l'appareil ?

C'est délicat à suivre.

Mais non, c'est lumineux, mixer, oui, le robot, oui, la cuisine, en voilà une vraie Image, bravo Sire, on n'a pas peur de mettre la main à la pâte, intervient un homme que je n'avais pas encore remarqué, très grand, barbe en pointe, toque en fourrure Raspoutine, lunettes noires, Mixer, bien sûr, je mixe, tu mixes, nous mixons, rien à voir avec Mixité, dans mixité, il reste des morceaux entiers, des bras jaunes sur une tête rouge, il faut tout hacher fin, fin, fin, une nouvelle race post-mélange, pure par croisements, je ne vois pas pourquoi on fait ça avec les caniches et pas avec le peuple, mixer, voilà ce que Notre Majesté essaie de vous dire avec concision et élégance imagée, bravo Sire, si on veut remonter sur le trône, il faut passer les représentations sociales au robot, vroum, faut remélanger nos idées à celle du prolétariat, planter nos idées dans le champ du voisin, mélanger nos habitus, le sang bleu et l'OS, et voir ce que devient la nouvelle plante sociale.

Travailleur transgénique ?

Avantageux, hein ? one shot, pas de graines pour le futur, les plantes esclaves s'autodétruisent à l'âge de la retraite, plus de descendance, hein, Sire ? maîtrisons la chimie, oh je suis sûr qu'il y a pensé, il a l'air comme ça, désintéressé, en fait il a la tête sur les épaules, vous me direz, pour un Roi, ce n'est pas si mal déjà, non ?

Sire ?

Répondez SVP, c'est terrible, oh Sire, poursuit le barbu, c'est ridicule que Sa Majesté, Elle fasse la gueule comme ça, on n'a pourtant rien dit d'extraordinaire, c'est fou cette susceptibilité, quand même, il se met dans des états, non ? me regardant sous ses épais sourcils noirs, On dirait, reprend-il, qu'il se sent coupable d'avoir des idées modernes, il regrette toujours, c'est très ennuyeux ce yoyo permanent, un pas en avant deux pas en arrière, Messieurs, nous devons nous liguer pour aider le Roi à sauter le pas dans l'inconnu.

Applaudissements du groupe.

On vit dans une société bloquée, continue le Raspoutine, levant les bras vers le ciel, un monde qui n'entreprend plus rien, qui n'ose plus rien, on va redevenir une société froide, on n'aura plus d'histoires, plus de roues, plus de machines à vapeur, plus de tanks, plus de frigidaires, de Solex, de ski-doo, il y a des lianes dans les HLM, on lâche des moutons sur les parkings, concert de tam-tam à Notre-Dame, on est foutus.

Il hurle.

Il faut casser les tabous, il faut lever les freins, le Travailleur Transgénique, vous me direz c'est un peu exagéré, bien sûr, on le sait, mais ça provoque, et si ça provoque, ça avance, hein Majesté ? on fera un démenti après, sauf qu'on aura lancé l'idée, et progressivement ça rentre, le taux d'interdit d'une idée diminue, on libère les pulsions, c'est ça une politique ambitieuse, il faut sortir de notre torpeur, Messieurs, on est endormis dans de bons sentiments, et tout ça à cause de quoi ? deux siècles de laxisme, à force de mollesse, putain, c'est une chienlit monumentale, il devient tout rouge, on a été baisés par 68, par le Vietnam, par la bande à Baader, par Bob Dylan, le gars qui nous a le plus baisés c'est Bob Dylan.

Calmez-vous, crie le Roi, se relevant du prie-Dieu.

Maïs bleu, melons noirs, tomates jaunes, idée neuve pour l'Europe, crie un groupe massé au fond, tout le monde parle en même temps, on dirait un opéra, c'est un cauchemar.

Et c'est parti.

C'est terrible, arrêtez, hurle le Roi, avec vous, tous les déjeuners de travail tournent au drame, tous-les-déjeuners, sans exception, on décide de travailler en mangeant pour moins s'angoisser, pour que ça ressemble à une détente, voilà le résultat, je n'en peux plus, vous m'angoissez, voilà.

Au fond.

Vous créez chez moi un profond sentiment de solitude, au fond, vous m'abandonnez, voilà.

Silence.

Il se lève et renverse un très grand plat rempli de civet de lièvre, que venait d'apporter à la seconde un valet mélancolique, un flot noir s'écoule au ralenti sur la nappe blanche.

Noir.

On devrait supprimer les blasons sur les voitures, les luges, le bobsleigh des princes, etc., on gagnera en visibilité paradoxalement, si on s'associe à des marques genre Nestlé que l'on agrandit en énorme, on met dessus une petite couronne, et le tour est joué, explique un petit homme aux yeux brillants, tiré à quatre épingles, redingote rayée, cravate vieux rose, col blanc exagérément haut, minerve ? ongles nacrés, Marquis n° 1 ? ils sont trois habillés à peu près pareil qui s'affairent autour du barbu.

On reprend, Sire, on a pris du retard.

Si on est à la montagne, poursuit le petit homme, et nous sommes à la montagne, je vous le rappelle, Sire, alors on doit assumer à fond le lait, le chocolat, les chamois, et en rajouter à mort, il faut exagérer ses défauts comme disait le président de Fiat, on supprime les blasons, Votre Majesté est une grande marque, on positive, on assume, on claironne, considérons-nous sans complexes comme une grande enseigne industrielle de luxe, un Nous de Majesté majuscule puissant, maintenant la Marquise de Sévigné c'est de la mousse de foie gras, alors il y a de la marge, bon, on y va franco, on redessine des logos avec des allusions transparentes pour tous.

L'héraldique c'est fini.

Diapo, merci, becs de griffon sur sable, écartelé de gueules, ce n'est pas si parlant que ça comme arme, diapo, merci, rien que de savoir que sable c'est rouge, et qu'écartelé signifie en losange par série de quatre, c'est élitiste, faut arrêter les licornes, les narvals, le loch Ness, on veut du mythe mais près de chez nous, une cloche, voilà.

Une bonne cloche de vache

Sur prairie vert pomme
c'est parlant

Dong-dong

C'est le jingle
dong-dong.

On met le Roi, la Reine et le petit prince dans des médaillons, sur fond de montagne, on envoie la chanson, chacun dit une petite phrase, et c'est bon.

Souffle une voix très basse au fond

Et si on mettait une armure sur la vache ?
hurle quelqu'un à droite

Cris de joie.

T'as vu, le Roi finalement, me dit à voix basse une minuscule petite femme aux cheveux très bruns en brosse et à lunettes violettes, Il se vexe et puis il revient toujours, il a tort, il perd de l'autorité, moi je dis qu'il a un problème de père, de paternité, é-vi-dem-ment, il ne sait pas cadrer, si on n'est pas soi-même un modèle, adieu la royauté, déjà, il a besoin d'être soigné, urgemment, une analyse profonde et accélérée sous hypnose profonde, du sérieux, pas des petits conseillers à la queue leu leu qui tiennent trois semaines, tout ça c'est de l'illusion, le Roi, moi, je vais lui dire en face, si vous continuez à faire l'autruche, vous allez droit dans le mur, il vaut mieux avouer, je suis malade, voilà, je dois me faire soigner, les gens comprendront, alors que là, c'est reculer pour mieux sauter.

Qui veut du cognac ?

Cri strident sur le côté
chœur de femmes

Et des armures
pourquoi on mettrait pas des armures ?

Si, des armures.

Un logo en armure ? tout en doré, je veux dire matière métal avec des plumes par-dessus.

Une vache en cerf-volant ? si, si, poursuit le petit Marquis n° 2, avec une voix de castrat, pour dire Aérien, pour dire On est en haut, un concept pour dire le côté On Grimpe, mais attention, on ne pèse pas sur les gens, c'est plutôt eux qui tirent sur la corde, revenez, Sire, Vive le Roi, toutes ces vaches en couleur sur les prairies bien vertes, tous ces cris en bas, c'est beau.

On fait un film avec ça.

Stop, arrêtez de parler tous en même temps, hurle le barbu, et calmez-vous avec les armures, on n'est pas dans les Carpates non plus, faut être précis, pas de radicalisme mal placé, ici c'est la montagne douce, même si le chalet est néogothique, et même s'il y a des ours, il faut s'adapter à notre nouveau décor, on n'est plus au Moyen Âge, plus personne ne nous prend au sérieux, rappelons-nous bien ça, il ne faut pas être grandiloquents dans notre communication, il faut arrêter de faire peur aux gens, les oubliettes, les supplices, tout ça, c'est vieillot, ou alors on pousse le bouchon, la croisade du Klan, on crame des gens pour l'exemple, allez-y, et quelle gestion derrière ? très mauvais, non, non, il faut s'ouvrir, il y a un projet du Marquis III, de kermesse au village, très intelligent, belle faisabilité, à étudier avec bienveillance, très proche de l'attente des gens, je conseille à Votre Majesté de s'engager à fond dans cette course à l'Autre, abandonnons la Haine, ce n'est pas un bon cheval.

Des ours ?
où c'est qu'il y en a des ours ici ?

Les voix se mélangent.

C'est vrai, les marques, c'est bien, By Appointment, c'est ce qu'il y avait autrefois sur les bouteilles de scotch, by appointment of le Prince of Machin, on n'a qu'à le faire pour la maïzena, ou le PQ, ou des crèmes anti-inflammatoires, la gelée royale ? coupe une jeune femme à la perruque gigantesque, liner rose bonbon, auto-bronzant à la carotte, mais c'est toujours en anglais les trucs royaux, tous les gens ne comprennent pas l'anglais, donc c'est discriminatoire, le chamois c'est bon, c'est clair, il a raison, les cloches, j'aime, il y a la gelée royale, aussi.

Eh des ours ?

T'en as vu où des ours
hein ?

Ils parlent tous en même temps

Ça ne va pas de dire ça
ils t'ont rien fait ces animaux

D'où toi t'en as vu des ours ?

Je suis allé à Rome à pied, alors la faune et la flore ça me connaît, demande pardon, de-man-de pardon, je vais te détruire, piouff avec mon rayon laser.

Gelée royale ?

Aussi bien
ça se vendrait

Quel ours ? demande le Roi.

La maïzena, mais c'est ça, je me disais aussi, dit la Duchesse, reprenant son solo, je croyais que c'était du glutamate, tout ce qu'on mange ici, c'est un peu chinois, ultragluant, ce n'est pas sain, il y a un soi-disant nutritionniste dans les murs, il a dû écrire un Comment devenir obèse sans douleur.

Regardez le Dauphin.

Eh, la Duchesse, ta gueule, si t'es virée de la Cour, ce n'est pas de la maïzena que tu vas bouffer, hurle le barbu, excusez-moi, Majesté, je m'énerve, mais si les gens ne sont pas contents, ils n'ont qu'à aller à Moscou, hein ? bonnes vacances les gauchos, on ne va pas céder à la pression de la rue, envoyez la troupe, il se met au garde-à-vous, tenant un fusil imaginaire.

Qui veut du café ?
table roulante

Cognac ?

Merci, oui, les ours, il n'y en a que cinq, vous n'allez pas m'emmerder pour cinq ours, on a mis des barrières électriques, vous ne voulez pas des miradors, quand même.

Une milice peut-être ?

Hurlements à droite de la table, meuglements à gauche, comme un bruit rituel, chahut à la Chambre des Lords ? match de boxe ? polyphonie d'étable ?

Meuhhh.

Vous voyez, me dit le Roi, à voix basse, c'est terrible, tout recommence comme par magie, piouff ! balles neuves, j'ai tout essayé, c'est l'enfer, ils n'arrêtent jamais, ça m'épuise ces réunions, j'en sors sur les rotules, on s'énerve beaucoup trop, chacun joue son rôle à fond, on dirait une pièce de théâtre, les portes qui claquent, les gens qui gueulent, le linge sale aux fenêtres, c'est un cauchemar sans fin, tout est toujours souligné trois fois, vous allez voir, regardez celui-là, le Goethe, il est carrément grimpé sur la table, c'est fou.

Descendez de là !

Le barbu, on l'appelle Goethe, parce qu'il est allemand, me souffle le Roi, en fait il s'appelle Goth, on a décidé de l'appeler Goethe, c'est le conseiller communication en titre, c'est théoriquement votre chef, mais je vous demande de l'infiltrer pour sonder le garçon, il est chef de toute une partie très réactionnaire de la cour, tout en étant progressiste, c'est compliqué, je n'y comprends plus rien, vous allez voir, les complots d'avant persistent, mais en version familiale, des cabales, des alliances, des putschs avortés pour des détails, une mini-guerre de Cent Ans pour obtenir du ketchup en plus, c'est ça qui est difficile à saisir, ce changement d'échelle, c'est crevant, je ne me sens pas très bien, j'ai, comment dirais-je, des visions négatives, des images qui s'imposent, ça ne va pas en fait, c'est compliqué d'être Roi sans régner, il y a un décalage, vous suivez ?

Tenez-moi bien le bras, quand on visite le château avec le Roi, on doit marcher majestueusement, et s'arrêter, comme ça, arbitrairement, un, deux, trois, soleil.

C'est beau, non ?

Ma Galerie des Glaces, en réduction, ça détonne un peu à l'intérieur d'un chalet, un grand chalet quand même, peintures de Le Brun, comme il se doit, plan des pistes en immense, on se remémore les batailles avec soi-même, escalade en solo face nord, etc., bon, l'avantage c'est que la vraie montagne par la fenêtre envoie une lumière extra-blanche multipliée par les glaces, regardez-moi ça, vous vous rendez compte du nombre de lumens que ça fait.

Ah, la lumière.

Et puis un air exceptionnel, c'est un microclimat, je respire, je ne pourrais plus habiter une ville marécageuse, pleine de fuel, avec des molécules de pneus en suspension dans l'air, pire que le pollen, allergies ad vitam, on a bien fait de s'exiler, ici on respire, c'est plus frais, j'ai des idées, je suis en vacances perpétuelles, la nourriture est remarquable, moins de stress, on travaille en s'amusant, ecce homo, me serrant le bras très fort, vous voyez tout n'est pas rose, mais on s'en sort, il faut rester au-dessus de la mêlée, dignité, dignité.

Avancez lentement.

Bonjour, mon petit Max, Max est responsable du fartage, comme on avait toutes ces consoles, le long de la galerie, au lieu de mettre des corbeilles de fruits, des aiguières pour soi-disant se rafraîchir les mains, j'ai eu l'idée de les mettre bout à bout, on pose les skis dessus, on a toute la place pour farter, hein, Max ?

C'est très pratique, Majesté.

Évidemment, me serrant encore plus fort le bras, ils vont tous dire que tout va bien, c'est comme de visiter un camp avec la Croix-Rouge, ration spéciale de poulet rôti, cellule modèle, prisonnier avec pyjama rayé bien repassé, avec un bon petit quatuor à cordes dans la cour, ah, il faut se méfier, c'est pour ça que je fais venir des témoins objectifs comme vous, quelqu'un qui n'est pas partie prenante.

On farte tous les 20 à 40 km.

Il est important de farter ses skis le plus souvent possible afin d'éviter le dessèchement des semelles, leur surface devient rugueuse et fibreuse et réduit considérablement les qualités de la glisse, le fart à chaud est beaucoup plus efficace que le fart à froid, il ouvre les pores de la semelle, attention il ne doit ni bouillir ni fumer, dit Max, d'un ton pénétré.

Ici on prend du HF9 de chez Swix.

Laisser le ski refroidir 10 à 15 minutes avant de le brosser, brosse en crin de cheval, crin noir, terminer avec une brosse à polir pour enlever les fines pellicules restantes.

Il nous faut un cheval, coupe le Roi.

Essayez de réaliser vos fartages, disent les experts, poursuit Max imperturbable, dans une salle tempérée, car si la température du local est trop froide, il faudra chauffer davantage le fer, notamment pour un fart dur, risquant de brûler la semelle des skis.

Sire, nous avons préparé les 567 LK.

Un prototype, venez voir ça, une bombe, c'est un bobsleigh revisité, entièrement carrossé, arceaux de sécurité en titane souple, une fusée, on lâche ça en haut d'une montagne et le gars descend tout droit, et il se prend les rochers à la vitesse du son, on va l'essayer aujourd'hui, c'est pour ça que je veux abréger ces réunions qui ne servent à rien, allez, vite.

Avançons.

Qu'est-ce qu'il me veut, lui ? un homme en combinaison noire se glisse entre la haie des courtisans, et lui baise la main frénétiquement avec des petits cris de belette.

Qu'est-ce qui ne va pas, Monsieur Bouboule ?

C'est mon médecin, il est incompétent, et toujours malade, il faut que ça soit moi qui lui prenne la tension, chuchote-t-il, ah, je ne sais pas pourquoi je vous parle avec cette voix-là, si bas, c'est ridicule, je ne sais pas ce qui me prend, je me demande si je ne suis pas un peu déprimé ce matin, je n'ai pas besoin de vous dire ça sous cape, il n'y a pas de messe basse pour moi, le privé est public comme une médaille tourbillonne dans l'air, je suis Roi, même si j'ai tendance à l'oublier, oh là là.

Il s'effondre sur une banquette.

J'aime parler, je ne vous le cache pas, je parle d'or, je suis historique en temps réel, je dis la vérité à tout bout de champ, c'est ma fonction, on serait dans une société primitive, j'enverrais des sorts à la terre entière, et dans une société moderne, je serais le grand artiste qui publierait ses oracles une fois par an, ici c'est ni l'un ni l'autre, je le fais à blanc, alors évidemment ça chauffe, c'est pour ça que j'ai besoin d'un grand médecin, pour descendre, pour décrocher de cette drogue, mais bon, ici, en exil, hein, à la montagne, on ne trouve personne, parce que bêtement, je voulais quelqu'un du coin, c'est toujours mon côté paysan, pareil pour les cuisines, je voulais un chef qui comprenne à fond le local, les herbes, les marinades, les cataplasmes, homéopathie, beignets d'edelweiss, un chaman, bon, il n'y en a plus.

On devrait inventer un mesureur d'aura.

Je pourrais m'en servir pour moi en cachette, pour vérifier la force de mon Soleil, check-up de rayonnement, vous savez, mon vieux, il me serre le bras plus fort, Ah, il faut que je me persuade que je suis légitime, et plus que les légitimistes eux-mêmes qui m'entourent, qui eux n'ont aucun doute, protégés par la hiérarchie, à la tête on doute, donc on a besoin d'être rassuré beaucoup plus que les autres.

Alors on importe des gens de loin.

Comme vous, bon ça va, vous m'êtes sympathique, vous êtes un excellent nouveau, et Dieu sait s'il y a eu des ratés, vous ne parlez pas beaucoup, moi j'aime parler, c'est la drogue idéale.

Non ?

Vous voyez le problème que j'ai, s'appuyant de tout son poids sur mon bras pour donner de l'importance à ce nouveau thème, Ce groupe humain est bloqué sur les avantages acquis, Goethe a raison, si je reste prétendant au trône, il faut que, même en exil, on avance, on préfigure, exemple l'ultralibéralisme c'est pas mal, ça devient social à force, contrairement aux idées reçues, ah, je suis Napoléon XIII.

Ce Goethe, il n'a pas tort.

Gouverner sa vie et gouverner tout court, c'est comprendre l'hystérisation infinie de l'Histoire, c'est se glisser dedans, il répète ça tout le temps, je vous avoue sous le sceau du secret que, pour moi, c'est du chinois.

Il faut appliquer Darwin à nos sensations, dit Goethe.

Si on applique ce programme, même sans comprendre, ça fait changer de point de vue, vous savez, on ne peut pas tout contrôler, faut se laisser glisser dans les nouveaux savoirs, c'est comme du sport, à l'aveugle, vous allez voir, il est très bon en ski, free style, n'importe quoi, il passe d'un toit à un autre, avec un triple saut périlleux, il est bien, ce Goethe.

Darwin.

Il n'y a que des glissades évolutives, il se lève de la banquettc et esquisse une sorte de ballet, les espèces se déplient comme des ailes de papillon, on ne peut plus se prendre pour le Roi du monde, je deviens un modernopithèque, j'avance, je suis un point minuscule dans ma propre évolution, je suis une goutte d'eau, c'est délicieux, ça me donne envie de danser, ce soir, venez, il y a une soirée à thème, Snow dance, on va lancer ça, avec des pas chassés, hop, on va faire des mouvements d'ailes avec les bras, comme ça.

Ce soir je danse.

Il n'a pas tort, ce Goethe, mais au fond ça ne marche pas, ce sont des mots d'ordre, changer, changer, c'est bien gentil, c'est ridicule, c'est comme un coach qui vous répète d'un air sentencieux, comme s'il venait juste d'inventer la poudre, Messieurs, quel est notre projet fondamental ? eh bien, il faut gagner la partie.

C'est trop facile.

Je suis décalé ici, poursuit le Roi avec des sanglots dans la voix, il y a un vrai problème social, à force de vouloir coller à la mode, je perds mon pedigree, les gens oublient que je suis au tout début du Gotha, un des premiers noms de l'annuaire, à force de suivre ces faucons, ils croient que tout se résout en termes de business, mais ils oublient le droit divin, alors évidemment ça se dégrade, on finit par recevoir des gens qu'on ne devrait pas même saluer, des hommes d'affaires, des marchands de chaussures enrichis, des directeurs de laboratoire, Sire, votre voisin souhaite passer vous dire un petit bonjour.

Qu'il entre.

Et là, crac, vous tombez sur un cow-boy qui a réussi dans les chemins de fer, salamalecs d'entreprise, sabir de commerçant, à la fin du premier verre, vous savez déjà le montant de la pension alimentaire du troisième divorce, pitié, vous allez dire, je suis snob.

C'est quand même normal pour un Roi.

Orange pressée ?

Mettez-vous là
c'est plus confort

Ah, la terrasse !

On est bien, et quel point de vue privilégié, premières loges sur le théâtre naturel, rien que cet été, vu deux chevreuils au galop sur la pelouse, une grosse couleuvre noire rayée jaune, là, sous le fauteuil, la nuit, ouh là, le même jour, un écureuil et son fils.

Hop hop.

Des huppes fasciées, on dirait des mini-paons, le lendemain, une série de lapins aveugles, myxomatose ?

Bam
ils se tapaient la tête dans les pieds de table.

On aurait dit qu'ils voulaient mourir près d'une maison chez des amis, au chaud, ah les Choses Vues, c'est mieux que tout.

Et surtout.

Pwiou-pwiou, un nouveau cri d'oiseau, incroyable, métallique, genre bruit de ressort.

Pwiooooou.

Un gros oiseau, gros bec en forme de cor de chasse, un paon sauvage, un cormoran égaré ? oh, la montagne a bien changé, ouh là, on se sent, comment dirais-je, saisi, l'effet de serre ? rires.

Crac.

Orange pressée ?

J'aime ça, les oranges pressées, insiste le Roi, sanguines, pour la couleur, sur la neige, c'est beau, graal technicolor, ça ferait de beaux poèmes, si j'avais le temps, mais ici on enchaîne, ouf, prenons un moment de détente, ça fait du bien, on est toujours trop tendu, faut respirer, ces transats sont bien, non ? en peau de yak, c'est extensible, ça laisse une petite odeur, montagnard en diable, j'adore, vous savez, j'aime bien dessiner nos meubles, je ne comprends pas comment on fait appel à un architecte d'intérieur, il suffit d'un peu de jugeote, un coup de crayon, enfant, comme ça, j'avais fait construire une salle de train électrique, on se mettait au milieu, on passait la tête au milieu d'un tunnel, et crac, on était dans le paysage, tous les détails, les petites vaches dans leurs prairies, un clocher surgissait de la mousse, des cyclistes en jaune descendaient la route en lacet, petites chaussures noires, bonnets noirs, gants bleus, tous les détails au pinceau de martre, et ça a été démoli, imaginez, à la Révolution, ils ont tout brûlé, sauf moi.

Silence.

J'ai des regrets, c'était un château exceptionnel, un nid d'aigle, bon, passons, mille ans d'Histoire pour se retrouver dans un chalet, j'espère que le prochain coup ce ne sera pas un mobile home, regardez Napoléon, dans son île, j'ai le plan, un trois-pièces cuisine insalubre, une petite allée de gravier pour faire le tour du cottage après dîner, bon, à tout prendre, un chalet surdimensionné, ce n'est pas si mal, et puis la montagne, vous m'en direz des nouvelles, changement d'air, voilà, ça fait avancer, ecce homo, je me suis dit, refaisons un espace féodal à l'intérieur de cette coque de noix, le château sera à l'intérieur, ça a l'avantage d'être plus discret.

Et plus moderne.

C'est comme les gens qui se réservent un hôtel particulier de plusieurs étages au beau milieu d'un building, avec des terrasses, un grand escalier central, surprise, une cathédrale monolithe planquée dans une colline, la campagne dans une bulle de la ville, mais de loin, ni vu ni connu ça ressemble à un chalet normal, c'était ça l'idée.

Mais personne ne le sait.

Finalement personne ne sait que je suis Roi, c'est pour ça que j'accepte de faire toutes ces réunions, vous croyez que ça m'amuse, tout ça pour que je fasse exister mon image.

Allez, bouge, image !

En revanche, une station de ski, c'est bien pour le sport, on est en vacances toute l'année, est-ce que vous croyez qu'on peut concilier les deux ? prestige et loisir ? ça m'arrangerait, répondez, vous ne dites pas un mot depuis le début.

Dites quelque chose.

J'aime la soumission mais quand même il y a des limites, il faut que la bête se débatte un peu, sinon où est ma jouissance ?

Maintenant j'ai appris ça.

À revendiquer ma joie à moi, je croyais échapper aux trucs psy, mais d'après Goethe, ça a changé, c'est bon à prendre, maintenant que c'est mélangé au management, avant c'était un truc pour freiner, attention Œdipe, stop Retour du refoulé, Retourr du Reffffoulé, avec l'accent, vous avez entendu son accent ?

Ça rend tout ce qu'il dit moins vrai.

En tout cas, il dit que toutes ces notions servaient vaguement à réfléchir, un truc de tire-au-flanc, mais que maintenant même les plus réfractaires s'en servent pour faire avancer les troupes, et même à l'armée, la psychanalyse, c'est devenu un boosteur d'action, c'est bon pour l'intérêt général mondial, dixit Goethe.

Alors elle est où ma jouissance à moi ?

Je me calme, dit-il, se levant, et me reprenant le bras, il transpire énormément, il a de curieuses petites plaques rouges autour des yeux, En fait ça va très bien, il est de plus en plus rouge, j'ai des cycles, c'est mon karma, dirait la Duchesse, elle, c'est Vive Bouddha, elle est gratinée, c'est une super-dinde, la Dinde absolue, vous verrez, je n'en peux plus, on ne va pas me faire avaler le bouddhisme après le reste, est-ce que vous avez des solutions plus pragmatiques ?

Vous

Oui, Vous
me regardant fixement

Silence.

Le silence s'installe, je sens que je vais dire quelque chose, c'est mon tour, on ne pouvait pas en placer une, il y a une accalmie, on dirait qu'ils ont tout dit, une bonne fois pour toutes.
C'est mon tour.

Tout le monde se regarde en silence, bouche légèrement ouverte, comme paralysé par une attaque de gaz.

Silence.

Quel temps magnifique

Oh, ce ciel
je me lance

Ah, le ciel.

Oh, hmmm ce ciel, c'est beau, ultra-bleu, vous avez de la chance d'habiter ici, bravo, j'adore, ces couleurs, et ces coussins, j'adore, quel goût, restez comme vous êtes, ne changez rien.

C'est une réussite totale.

Et là je brode sur le thème Vous êtes formidable, bravo, j'enjolive, j'adore, je brode, j'harmonise, je déroule.

Et je fais pivoter le thème en verticale.

Mmm
ciel

Après la canicule
ce moment

D'hiver

Bizarre
dans l'été

Non ?

C'est la première fois que j'ouvre la bouche depuis des lustres, c'est agréable le son de sa propre voix, ça résonne dans la tête, comme une parole étouffée, voix près de l'os, on peut faire des sons vibrants, c'est très musical, un corps, dodécaphonique ? je dois avoir l'air surpris, j'ai certainement une drôle de tête, bouche bée, il existe une photographie d'un petit garçon qui entend sa voix pour la première fois grâce à un appareil.

C'est moi.

Hmmm, gémit de concert le Roi, me regardant avec gourmandise, mais vous avez une très jolie voix, mon cher, c'est la première fois que je vous entends articuler trois mots, eh bien c'est extrêmement mélodieux, ces graves profonds, cette manière de scander, ces modulations et ces brusques arrêts, cette économie, cette précision, c'est délicieux, je serais professeur de chant je vous prendrais sous mon aile, je devrais, au lieu de m'occuper de communication politique, les grands rois s'occupent toujours de musique en priorité, et de sport, bien sûr, en deux.

Mais quel sport ?

C'est là où j'ai encore besoin de vous, trouvez-moi un nouveau sport, je voulais vous demander d'ailleurs, votre formation à vous, c'est quoi ?

Non mais parce que vous avez un truc spécial.

Un poil de bouddhisme, non ? comme la terre entière, non ? je sens le goût du vide, du renoncement, le protestantisme ? à force de ne rien dire.

Vous sentez le vide.

Vous avez un accent aussi, non ? quel accent ? ce n'est pas possible de dire toutes les lettres comme ça, il y a des e muets, des s qu'on n'entend pas, des t qui ne se disent pas thé, on dirait une prononciation restituée, mais de quelle époque ?

Redites ça, Hiver Bizarre.

Vous voyez ? vous rajoutez des e partout et vous roulez les r, les i à l'anglaise, des trémas partout, j'adore, vous êtes parfait, je dis oui à votre engagement des deux mains, mais quand même, vous avez un accent très très fort, il faut changer ça, parce que là ça m'amuse, mais ça finira par nous lasser, revenez sur terre, parlez comme nous.

C'est ridicule, votre accent.

Ne restez pas comme un manche, la bouche grande ouverte, ce n'est pas méchant ce que je vous dis, vous n'avez pas un accent si prononcé que ça, pour se comprendre il faut bien caricaturer un peu, on dirait juste que vous avez été enfermé un siècle ou deux dans un frigidaire, un enfant dans un placard, allez ne faites pas la tête, on travaille ensemble, faut pouvoir tout se dire, ça durera ce que ça durera, comme les amitiés, ah, j'ai perdu tous mes amis, c'est terrible, ah, excusez-moi.

Il se détourne pour cacher ses larmes.

Pendant qu'il pleure, le dos tourné, je continue à me réveiller, on a brisé la glace, je me réveille lentement comme un mammouth congelé, j'étais évanoui ? dans le coma ? mais qu'est-ce qui s'est passé ?

Il y a eu un blanc.

Je me réveille, les mots coulent en moi, comme du sang jusqu'au bout des doigts, me, me, moi, se pincer, ah, je suis en vie, preuve, ça bouge, tentacules, élytres, c'est la première fois que je ressens ça, j'étais où ? un accident ? je n'étais pas moi, ça parle, donc je suis, ça s'entend, donc j'y suis, j'ai du présent ici, je vois en couleur, j'entends tous les sons en même temps, sifflements de martinets, bruits de vaisselle, cloches, souffle d'une glacière, il y a de la profondeur partout, je m'appuie sur le bois glacé du balcon, j'ai déjà vécu ça, c'est comme une déchirure, ouverture des nerfs, comme on saute d'un tremplin, un oiseau plonge du nid.

Sire, vous connaissez le saut à ski?

Il se retourne et me prend brusquement dans les bras tout en me repoussant d'un coup sec, comme on transforme un baiser au dernier moment en un hug pudique de copains de régiment, bon, ça va, d'une voix aiguë.

Allez, il y a du bon partout quand même.

Regardez-moi cette vue, j'aime ces balcons de bois festonnés, on dirait des soutiens-gorge, c'est conquérant, cette vue sur ce pic, au fond, j'aurais adoré dessiner des vêtements, une entreprise où on a le droit de vie ou de mort sur des idées, coupez-moi le bout de cette robe, rajoutez des épaulettes, ah non, enlevez-moi tout de suite ce chêne-là, il n'est pas bien, virez-moi ces sapins.

Dégagez-moi cette montagne.

Goethe a raison, il ne faut pas s'attendrir, je ne suis pas dupe, un vrai Roi construit un univers, le même qu'un petit-bourgeois mais en plus grand, il n'y a pas de différences de fond, je sais ça, un Roi en exil a beau avoir des idées, s'il ne les réalise pas en grand, ça va vite se limiter à la construction d'une cabane à skis, le Goethe, il dit qu'il faut se constituer en société, un petit trust, vendre notre marque, vous savez, j'ai beau lutter, on me dit que je suis réactionnaire, c'est un comble ! le mal avance, allons-y, c'est gai, c'est ça l'argument de Goethe, je vous explique.

Asseyez-vous là.

Il dit que ce qui est le mieux maintenant, c'est de vivre une transgression du côté du mal, parce que c'est mal, d'accord, mais positivé, devise générale, Bon parce que positif, que c'est jouissif de faire une mauvaise action comme si c'était une révolution, le type est Roi juste cinq minutes, je ne sais pas si vous saisissez l'horreur du raisonnement, mais il a peut-être raison, tout le monde me dit Sire, lâchez-vous, ce qui est courageux, c'est d'y aller, mais où ? lâchez-vous, c'est le maître mot, regardez cette manie de très mal parler, plus ces gens grimpent dans la hiérarchie, plus ils parlent mal, par peur d'être pris pour des inférieurs, pour faire croire qu'ils ont tous les droits, péter à table, ça doit bien être le dernier geste féodal, et moi qui suis à la tête, qu'est-ce que je dois faire ? moins ou plus ?

Je ne sais plus.

Vous vous souvenez d'Hugo Wolf ?

Très bien, ah parfaitement, quel type charmant, dit le Duc, un jour, eh bien, vous savez, parenthèse, c'est lui qui a inventé la fixation hydraulique, sur bain d'huile, le chausson adhère au ski par une colle puissante, invisible et repositionnable, c'était les qualités en tout cas vantées par les publicités, ça faisait pschhhh quand on mettait ses skis, amusant, sport en pyjama, un beau jour, il s'est tout simplement volatilisé dans la nature, un alpiniste chevronné pourtant, adieu.

C'est le beau-frère du fils qui a épousé une Bismarck ?

Non, il a décroché une Borchouf-Magaz zu Birkcht, à la force du poignet, bonne pioche, ultra-riche, la Birkt, des millions d'hectares en Poméranie, Birchktt ? difficile de ne pas écorcher ça comme nom, ouille.

Bir-chtikt.

Macarons fraise ? maintenant, ils mettent des feuilles d'or sur des boules en chocolat, j'aime pas.

Il y a à la menthe aussi, menthe-noix de cajou.

Le fils de ce Birch-truc a fait un fric énorme dans les assurances, il est venu ici dans une Aston rose malabar, sous prétexte de je ne sais même plus quoi, en fait il avait découpé une pute russe sur son bateau, il l'avait foutue en cloque, soi-disant, bref, il nous amène la fille dans trois valises, dit le Prince, genre je vous laisse ça à la consigne.

Ce n'est pas notre milieu.

Hugo, lui, c'était un type tout à fait au-dessus de la mêlée, il y avait toute une bande à l'époque, avec les Weissweiller, Cocteau, il y avait son cousin, celui qui a épousé une Polignac, comment s'appelait-il, son cousin ? si, qui travaillait chez Morgan-Morgan, Bortch ? comment il s'appelait, bon Dieu de bois ?

Bziouff, Marcel Bziouff.

Bon, eh bien ce Bziouff, dit la Duchesse, il était obsédé, il n'arrêtait pas de regarder les filles avec des yeux ronds, moi un jour, comme ça, en plein milieu de la grande galerie, il me propose la botte.

Il avait creusé une trappe par le plafond de ma chambre.

Bziouff
il n’était pas tout petit petit ce type ?

Il se déguisait en nain.

Avec des clochettes, une cagoule rouge, la baguette à la main, il m’ensorcelait, et puis il repartait par le même chemin, ça a duré des années, ni vu ni connu.

Bziouff.

Laissons les.

Quelle bande de zigotos quand même, et dire que je suis coincé avec ces gens pour l'éternité, c'est ça le hic, quand on est Roi, on ne peut pas virer les gens comme ça, c'est une famille, c'est terrible, et vous avez vu comme ils parlent mal, c'est ce que je vous disais.

Pourquoi ?

Le type qui a un peu de surface, dès qu'il est dans l'intimité, arrête de faire le bon élève, s'il est fort il ne doit rien respecter, je suis sûr que dans mon dos, il est de bon ton de dire des horreurs, c'est le principe de la cour d'école appliqué aux adultes, vous savez, je suis lucide.

Faudra mettre un tour de vis là-dedans.

Venez dans mon bureau, par cette petite porte, regardez, j'ai tout fait faire sur mesure, tout est fin prêt pour la réalisation de quelque chose de grand.

Vous avez vu ces totems ?

Eh oui, je suis Roi associé, comme il y a des villages jumelés, d'un hémisphère à l'autre, et ça ? ce sont des grands cahiers où je consigne presque tout, une tête de mort, bien sûr pour réfléchir, je me documente sur tout, tout est intéressant, et si un jour je suis en situation de nouveau, j'aurai une palette plus élargie.

Mais au fond, ce que j'aimerais faire, c'est de la poésie.

Mais en grand, j'ai une série de projets, par exemple, je vais graver des petits écriteaux de marbre que je vais afficher sur nos terres, on se fera une balade pédagogique et distrayante, on installe des panneaux sur les arbres, les gens cherchent ça comme des œufs de Pâques dans les arbres.

Oh temps suspends ton vol.

Un écriteau, avec écrit en rouge, Sois sage oh ma douleur, et un autre en blanc avec Tiens-toi plus tranquille, qu'en pensez-vous ? si on trouve ça trop poétique, on peut écrire n'importe quoi, inscrire le prix des choses en très gros, par exemple, cette tourelle, là ? 30000 écus en euros constants, ce cèdre géant, 123, à l'achat, cinquante ans plus tard, le centuple, on fait une bonne culbute, on affiche ça avec un prompteur, ça ferait réfléchir les gens, et ce serait beau sur la neige, vous trouvez que c'est une bonne idée ? je suis un peu sous influence, excusez-moi.

J'aimerais faire un livre aussi.

Avec des images dedans, des ciels étoilés, des myriades d'étoiles, une page toute noire avec des étoiles, sans mots, j'aime ça, j'imagine la page vraiment noire, anti-neige, tirage charbon, avec des éclats de comète, piff, paff, c'est pas mal, non ? j'ai une idée comme ça par jour, non partageable.

Personne ne m'aide.

J'ai quelqu'un, un poète de cour, à domicile, il est bien mais complètement exalté, le problème, c'est qu'il écrit toute la nuit, il a l'impression de traverser l'enfer à chaque fois, il n'est pas disponible, il n'a aucun dévouement au fond pour les œuvres des autres, je me demande s'il ne me donne pas exprès de mauvais conseils, d'ailleurs, vous jugerez.

Alors, le Chalet.

Bon, on cherchait un très grand chalet, celui-là est un ancien restaurant, et certainement un ex-château, ce qui est rassurant pour nous, un certain rapport à l'espace, je leur ai dit, bon, on va se faire une principauté en réduction, les problèmes sont les mêmes en petit qu'en grand, disait mon père, sauf que lui, il voyait toujours ça seulement en grand, moi j'ai dit on range les armures, je suis de mon temps, je suis un Roi lucide.

Silence.

La vérité, hein, c'est que je suis maniacodépressif, voilà, ça tombe, boum, le mot est lâché, je n'ai pas de problème de satisfaction, c'est ça le problème, il y a une utopie qui se déploie, comment vous dire, un besoin de faire, ça c'est bon, mais lié bizarrement à la reconnaissance, ça m'angoisse, alors le problème, c'est qu'on ne s'en sort pas seulement par des solutions pragmatiques, tous les conseillers que j'ai sont trop techniques, un moment j'avais un gars très bien, mais qui s'est avéré peu efficace, le type n'était que dans la nostalgie, ah les ex-gauchistes, un regret qui colore toutes les choses, ça finit par déteindre sur tout, maintenant j'ai celui-là qui n'a même plus cette terreur d'être pris pour un collabo, le gars relit l'Histoire à l'envers sans complexe, révisionniste anti-utopie, c'est terrible, ce Goethe, il me tue, je suis complètement déprimé, en même temps, c'est passionnant d'observer comment on met un siècle à détricoter le siècle qui précède tout en tricotant le prochain.

Avec la même laine.

Je ne sais plus ce qui est bien, vous croyez que c'est bien ? qu'est-ce que je dois faire ? où aller ? je ne sais pas quoi faire, au fond je m'ennuie, les problèmes de la cour réglés, reste un temps énorme pour la créativité, on se sent obligé de faire de l'art, un homme politique de premier rang doit faire des livres, c'est connu, bref, on est tous un peu comme des gosses un dimanche de pluie, on organise un concours de décalcomanie, cache-cache dans le grenier, c'est la rançon de l'exil.

Pitié.

Je ne veux plus vivre à temps plein dans un goûter d'enfants, ah si on se faisait une petite pièce de théâtre ? ah si on se déguisait en autruches ? je n'en peux plus.

Vous allez dire que je me plains beaucoup.

Mais si je cherche un conseiller, c'est bien pour qu'il me donne des conseils, et des bons, là je vous raconte tout, je vous imprègne de la situation, et après, c'est vous qui êtes en piste.

Un conseiller en réel.

Je suis désolé, je ne suis pas en forme, c'est psychosomatique, c'est connu, ça me monte au cerveau, il y a un problème de régime, le cholestérol qui bouche tout, il faut qu'on fasse des réunions sur la diététique.

Je n'en peux plus de décider tout tout seul.

Ce qui est terrible, c'est que si j'ai une idée elle est adoptée et appliquée immédiatement et à la lettre, ils sont plus royalistes que Moi, si je dis un jour Nous voulons du confit de canard quatre fois par jour, avec du beurre fondu, bon, eh bien c'est pour l'éternité, tout ce que je dis c'est pour l'éternité, si vous changez d'avis on vous dit en substance, sous les salamalecs : Majesté, finissez votre confit, sinon vous l'aurez au petit-déjeuner.

Ils me torturent.

Je n'en peux plus, et puis les perruques, à quoi ça sert de porter des perruques à tête d'âne ? pour le ski, c'est idiot, il faut réformer, bref, il faut trancher le nœud gordien, je ne sais plus qui disait, je suis l'horrible chirurgien d'une opération nécessaire, bon, Messieurs, bistouri ! je suis quand même le Roi, il faudrait que ça soit moi qui fasse un complot pour tuer tous les gens qui m'entourent efficacement, c'est le monde à l'envers, d'habitude c'est les Rois qu'on veut dégommer.

Samedi, il fait beau, on court dans les bois, on est samedi, vacances, quel délice, un carrosse noir traverse la forêt.

On va au ski.

C'est le printemps alors on doit grimper sur le glacier, faut grimper, Durch-Gebirgs-ging-Lenz, me chantonne Goethe, emmitouflé dans un long manteau de poil noir, coiffé d'une sorte de bicorne démodé avec des oreillettes pendantes, des lunettes de course, on dirait un teckel géant, voici, mon cher, l'ancêtre du téléphérique que nous réutilisons presque tel quel, avec juste un plus gros moteur.

Carrosse électrique ?

Du haut, ah c'est magnifique, je lui réponds, on est vernis, quel temps, je ne parle que de météo et de paysage, et ça marche, on se lie avec les gens, on s'enthousiasme, ils commencent à m'aimer, le Goethe me serre dans les bras, c'est beau, hein ? prenez ça, allez, je me sacrifie, c'est la guerre, rires, prends mes tablettes de sel, il mime un soldat épuisé rampant dans la neige.

Vitascorbol.

Et magnésium ! Pchhhhung ! poooоup, flach ! skis ! glisse ! neige, neige au carré, neige, allez, dans la profonde, montagnes hop, eh ! Hannibal ! il y a de la grappa dans les fontes, glou glou, glisse.

Vas-y

Godille
hop

Jambes fléchies
os brûlant des cuisses

Tranche de neige

Yes
poudreuse

On peut chanter ce qu'on voit

Poudre
poudre en l'air

Attention tremplin.

On saute, ffff, en volute, nuages de grains, ciel coton, ohé, de là on voit très bien le chalet, soir bordé d'or, on saute et à la verticale dans les champs à toute pompe.

Eh, le nouveau !

La godille c'est fini, crie le Roi en descendant à toute vitesse, maintenant c'est l'ultraski, entre-temps, il y a eu le néoalpin, tout le poids du corps vers l'arrière du ski, comme ça, le post-christiania, plus baroque, sur skis anciens, pureté, tendresse pour le passé multipliée par joie du futur proche.

Et hop.

On file, ça va vite, entre les sapins, takatakata, une mitrailleuse de sapins noirs sur piste blanche, comme pour encadrer les images, vingt-quatre fois la lumière par seconde, je commence à penser, je commence à devenir une vraie personne, c'est connu, après un accident, il faut tout de suite remonter à cheval.

Ouh-ouh, Sire ?

Sire, j'ai des solutions, je lui dis calmement, on va vous guérir, vous avez la pire mélancolie, la noire, j'ai des propositions concrètes à faire, je lui dis en descendant, vous m'entendez ?

J'ai la solution.

C'est la première fois, je ne sais pas si Votre Majesté en prend conscience, c'est la première fois que vous entendez le son de ma voix, la deuxième pour être précis, et ce sera rare, c'est ma méthode, j'ai eu une idée, Sire, si je ne parle pas, alors vous aurez l'impression que je parle sans cesse, comme un silence plein, je suis sûr que ça soigne, vous allez voir.

J'inaugure ce truc.

C'est une nouvelle idée, l'objectif c'est d'éclaircir les problèmes en les exposant plein soleil, on les abandonne à l'air, on y touche le moins possible, ils se dessèchent, ils rétrécissent, on est sauvés.

On verra, Sire.

On glisse à fond tout en parlant, duo pour descendeurs, slalom coordonné entre les pins, comme les portes sombres d'une forêt d'opéra, à droite.

Traversée du lac de Constance

À gauche, les amis
bâton tendu

Vers une prairie blanche
Gauche, à gauche les amis
on dirait la Suisse, la Suisse, en pente douce

Suiiiiiiisse.

Hurlant sur la route verglacée, le monde désert, le milieu du monde, on dira ce qu'on voudra, mais quand même, ça a du bon, ce plateau suspendu.

Mini-Tibet, le monde des airs.

J'ai peur de la neige.

Cette promenade devient une expédition, c'est trop pour moi, je ne suis plus entraîné, on s'enfonce jusqu'aux genoux, il faut s'arracher de la neige profonde.

J'ai le trac.

Les rayures noires et blanches cachent un souvenir d'enfance, le froid mord mes extrémités, il y a des crevasses à chaque pas.

J'ai peur de la neige.

J'ai brûlé les cellules qui huilent l'intérieur des muscles, chaque geste est une déchirure.

Aide-moi.

Je tends la main, un rocher, de l'autre, je ne tiendrai pas longtemps, aide-moi, corde, s'enrouler, corde.

Et puis quand on est en haut on redescend.

Ça file, c'est réussi, on redescend, les prairies recouvertes de neige, les accidents noyés par la douceur, chemins recouverts, clôtures envahies.

Glisse.

Comme une cathédrale de cèdres noirs, route de glace, allez file, la silhouette qui disparaît à chaque virage, bordé de roches, hop, à toi, hop, c'est moi qui disparais, poursuite en lacets.

Auberge ?

Un bordel en pleine montagne
ah bravo, Sire

C'est l'Idée.

J'avoue que là je suis blousé, Sire, séché, pooof, on croise rapide ses deux mains devant.

Baba

Hop
salut, les amis.

On rentre avec toute la suite à la queue leu leu, très bon accueil, entraîneuses en fuseau noir avec trou entre les jambes, pull de moniteur, chapeau pointu, six hanaps de deux litres de vin chaud à la gnôle d'une main, banquettes en rondin.

Peau d'ours.

Des types, vraisemblablement troupe fraîche, attendent alignés au mur, combinaison de satin puce zippée, étui pénien en acajou entre les jambes.

Luxe, non ?

On peut s'enfouir dans des baquets de bouse, on peut demander des positions sur des luges, on peut se déguiser en Guillaume Tell tout l'après-midi, réaliser un vieux rêve comme se jouer une opérette faux Tyrol qui se termine en bonne partouze des familles.

Vous allez aimer.

On peut aussi tout simplement se prendre une bonne fondue et grimper dans la chambre, édredon de trois mètres de haut, coucou, fleurs au balcon de bois avec reste de neige, ja wohl, gut, vas-y Gertrud, gode en pin verni, ovomaltine dans le cul.

Schön.

Il paraît que vous êtes un vrai antidépresseur, me dit-elle.

Et enlève posément son corsage à festons, taches de rousseur de haut en bas, avec des îles, surtout au-dessus des seins, et puis des grains de beauté là et là.

Envoie les flûtiaux, Marco.

Sérénade dans les prairies, ombre et soleil, mouvement de moutons en spirale dirigée par chiens, ouverture vanne, un classique du porno, et l'eau ruisselait des fontaines, fin de la prise.

Ça va ?

Ennui sur le lit déjà, on va puiser des forces dans ses débuts, c'est une solution si on s'ennuie, on revisite les lieux, les yeux fermés, demi-sommeil, on essaye le tracé d'une course, on change de vitesse, on passe les portes au ralenti, on voit tout sphérique et flou comme par un trou de souris.

En voilà un nouveau sport.

Des heures passent à se morfondre comme ça, et c'est l'appel.

Cor de chasse.

Allez, on descend, Messieurs, à vos armures ! en route mauvaise troupe, ah, le temps fraîchit, il va reneiger, on est resté beaucoup trop longtemps, dit le Roi enfilant une combinaison parme à zébrures argent, énormes Vuarnet sur les yeux, c'est fini, Nous ne voulons plus aller au bordel, Seigneur, c'est fini, je le jure sur la tête des plus hauts sommets du monde, samedi prochain, c'est tintin, pas de sortie ! une clameur s'élève, grognements, des cris de rage, Mais, Majesté, non, pas ça, non, etc., finale en chœur, jamais, oh jamais ? voix de basses de loin sur Oh non, Sire, cris en canon, Ade-adieu tschüss, chantonne un petit homme étendu sur une luge au premier plan, on est déjà loin, adieu les hallebardiers.

Ski
express

Prince noir en fuseau latex

On ne voit rien avec ces lunettes fumées-là
ohé ?

Virages relevés
dans nuit blanche

Attention
oh je.

Purée de pois, ouh ouh, Votre Majesté, attention aux crevasses, on est vraiment hors piste, eh ? drapeau rouge, risque de, risque de, vent coupe paroles en deux, attention, eh, il est où le Roi ?

Blanc.

More House

Un an plus tôt, il pleut, il y a des plantes partout, on est un peu dans l'ombre, dans une cuisine, en dessous du rez-de-chaussée, ça manque d'air, un entresol ? basement, voilà le bon mot, espace à moitié enfoncé sous terre, donne en général sur un petit jardin enfermé de grilles noires, lui-même en contrebas de la rue, grand avantage, on n'est plus sur terre et jamais au ciel, le sol prend sur la cave, le plafond repousse les étages, six marches pour rejoindre le point zéro, hop, on grimpe au jardin, et si on se retourne, pssst, terminé, on ne voit plus rien, c'est un espace déguisé.

Une cabane enfouie.

Avec toutes ces plantes grimpantes, quand on en sort, on ne voit presque plus rien, on a l'impression de s'extraire d'un nid de branches souples qui se referment derrière vous, trois bouts de verrière, on ne distingue pas grand-chose, un trou noir pour la porte, la fumée s'échappe en tortillons, qui peut bien habiter là ? conciliabule des voisins, c'est qui ?

C'est quoi ?

Ah, les gens trouvent cet endroit très beau, un entresol, c'est mon rêve, diront-ils, et ils s'imaginent un intérieur pour lièvre géant, cuisinière à charbon ventrue, vases bleu delft, aquarelles de renard en fuite, rideaux à oiseaux répétitifs, quel endroit de rêve, répéteront-ils, s'ils sont bienveillants, et s'ils sont de votre côté, sinon ils penseront automatiquement que c'est un repaire de drogués, un nid de petits dandys déréglés, et que ça doit y aller là-dedans.

Les paradis artificiels.

Ils ont tort, c'est un vrai couvent, où les gens travaillent au salut de leur âme et de leur corps, on n'est pas là pour s'amuser.

C'est une nouvelle période.

On peut faire une conférence sur On est bien ici, Mes Chers Amis, voici une bonne table avec bancs et gros coussins cramoisis en noyaux de pêche, candélabres en argent, assiettes en étain avec armes gravées, mon thé à volonté dans un samovar vermeil, un frigidaire géant à air tournant rempli de fromages, une série de jambons en attente, pendus au plafond, un tonneau de vin à robinet, une petite couchette à abattant fixée au mur avec des chaînes entourées d'un rideau sombre et équipée d'une petite lampe orientable.

Et au lit.

Une vie recluse et dédiée à l'étude pour quelqu'un revenu de tout, dans un endroit idéal, entresol donc, avantage, la cave oppose son vide froid à la chaleur des étages, température constante, disons qu'à la fin de l'été la chaleur finit par gagner, mais c'est déjà l'automne et les choses s'inversent, sortons le moins possible, ça n'a pas d'intérêt, restons cloîtrés.

On est bien.

Un escalier de fer noir, pour aller au ciel, avantage, les fenêtres donnent vers le haut, alors qu'aux étages on regarde vers le bas, on pense presque toujours à la chute possible, et puis il fait frais, on profite de la masse d'air de la cave, fraîcheur inépuisable, un escalier de fer, colimaçon glacé, hop, on y descend à la Dickens, les caisses de harengs, les tonneaux de blanc, baquet d'huîtres, ribambelle de livreurs en blouses bleues, journal du samedi de deux kilos, avec les comptes rendus de ballets, les nécrologies, les portraits d'inconnus, des zooms sur le futur, le cours des matières précieuses, il y a des bons coussins sur le banc, on met des petites plantes vertes, des bougies, une machine à pâtes, des cordes à linge pour faire sécher les spaghettis.

À table.

Un homme seul est assis dans cette cuisine, appelons-le Robinson, il n'a pas de barbe, de chapeau en peau de chèvre, de parasol et de perroquet, mais quelque chose dans son cerveau persiste, il traduit tout ce qui lui arrive en termes d'île, chaque événement est un naufrage, chaque décision minuscule est à la vie à la mort, comment faire pour s'installer ici, que faire pour améliorer ça ? tout ressemble à un campement, tout est précaire, on ne va jamais s'en sortir, les problèmes se subdivisent à l'infini, en minuscules soucis, comme une côte est accidentée jusque dans le contour d'un grain de sable, il ne faut pas dramatiser, quand même.

C'est déjà de l'histoire ancienne.

De vieilles habitudes qu'on garde, comme un canard court encore la tête coupée, ça s'arrange.

J'en suis revenu.

Mais qui avait bien pu me demander une chose pareille, qui m'avait fait choisir cette image de la vie rêvée ? une secte, un Dieu particulièrement tatillon ? une maladie, un défaut que l'on a contracté seul dès l'enfance, une religion familiale ?

Tout ça c'est fini.

Mais on ne change pas sur un claquement de doigts, les gens sont drôles, l'ordre est donné, il faut un temps fou au paquebot pour virer de bord, alors on garde trace des vieilles habitudes abandonnées, c'est connu, coques de noix vides, si on regarde bien, on voit qu'il y a quelque chose à l'intérieur, il reste des problèmes résiduels vivants qui s'agitent au fond comme des petits fantômes dansants, il faut les tuer un par un dans l'œuf, quel travail, on ne s'en débarrasse pas comme ça, les gens sont drôles, ils croient que l'on peut déraciner un problème du jour au lendemain, j'arrête de me prendre pour celui que je ne suis pas, ah non, je ne mangerai plus jamais de poulet, j'arrête l'alcool, plus de légumes, un fruit au début de chaque repas, un baquet de fleurs des champs pour refaire son argent et son zinc, parfait, mange du fer, croque du cuivre, changement de régime, les idées suivront le corps, c'est idiot, cette idée de tout changer, on le sait maintenant, qu'il est plus habile de prendre une question au milieu de là où elle pousse, pas à sa racine, comme on se saisit du centre d'une herbe, on a eu d'autres moralistes entre-temps, si je continue comme ça, je vais pouvoir poser ma plaque, j'ai tellement de lucidité que je peux commencer à m'occuper des autres, c'est ça le vrai changement.

Je peux m'occuper des autres.

Un livre de conseils, avec des travaux pratiques, un livre utile, avec des plans qui se déplient, j'ai une nouvelle idée, j'ai le plan dans la tête, c'est assez simple à réaliser, je pourrais me faire un fric énorme, comme ça, je rerentre au club la tête haute.

Terre !

Crié chaque jour en grimpant l'escalier, c'est vrai que ça rappelle des souvenirs, c'est excitant, il suffit d'un escalier pour tout revivre, le type pieds nus, barbe et turban, perché sur le grand mât, on voit d'abord des oiseaux et alléluia, Terre, oh, sortez les tonneaux de rhum, terre, terre enfin, on fait des rondes en se tenant par la natte, des vestes noires à boutons d'or et des sabres ébréchés, oh, je nage autour de mon île à temps complet, ah, bravo, je peux vieillir tranquillement.

Ouf.

Tout s'arrange, décor sur mesure pour conte d'hiver, je suis libre comme l'air, ils sont tous morts, ceux qui sont morts sont bien vivants, je peux m'occuper des autres maintenant, je suis de nouveau un très jeune homme mais guéri, l'éternel retour ça a du bon, quand à chaque retour il y a nettoyage, sauf que les tissus fatiguent, alors régime, régime.

On fait son pain
au frais.

Gymnastique, hop, détendons-nous, on parle en respirant, on expire ses mots, on fait sa gymnastique de mots, yoga-mots, on récite des litanies, on va finir par égorger des poulets, mille dessins pour assassiner la magie, ça marche.

Vie de saint.

On boit de l'eau, on souffle dans les artères, cardiotraining, sans sel, on fume de la ciboulette, on bouffe du raisin.

Crac
les cervicales

Et on inspire.

On parle dans l'autre sens en avalant l'air, et croc, récompense du chien-chien, l'air qui rentre à grande vitesse modifie l'équilibre qui règne aux frontières des organes, et on reprend une série de mouvements de l'abdomen, contraction, tout vient de là, on est huilé, chaque muscle se développe en secret.

Je fais la plante
bras en lianes

Rosiers grimpants
fraisiers

Clématite jungle

Trois bambous
bon

Je doute.

Si on me voyait avec ces vêtements anachroniques, sur mon tapis de sol, quel choc quand même, imaginez la tête du facteur, il faut redescendre et s'adapter, comprendre la nouvelle situation, arrêter d'avoir la tête dans les étoiles, la jungle ici n'est qu'un jardin minuscule, trois fleurs, un embryon de potager, jet d'eau, ça change, pas un seul gros serpent, pas de singes beaux-frères, il va falloir réduire ses rêves, on promène une loupe sur le gazon pour imaginer les prairies.

À plat ventre
en dessous des herbes ondulantes

Infrarenard.

Nouvelle période, la nature est plus petite, il n'y a plus de jungle avec les animaux qui vivent comme nous, les grands oiseaux, les singes laineux qui sont mes beaux-frères, les sagouins, les culs verts, les sapajous, les voisins hurleurs, ils nous regardaient, ils parlaient de nous, nous étions dans leurs rêves, à l'envers, vu d'œil d'oiseau, un homme barbu nage au milieu de l'eau verte, bienveillance des toucans, affection des tortues, c'est formidable, on descend le fleuve en pirogue avec tous les amis dans les arbres, on est relié à eux par un système de parenté complexe, on traverse les mêmes contes, salut les escargots, bonjour les vautours, la jungle c'est la famille, on discutait ensemble bras dessus bras dessous, toutes nos petites histoires devenaient automatiquement des mythes, c'est fini tout ça.

Il faut faire ci, il faut faire ça, c'est la maladie, la vie matérielle maximale, listes exponentielles de choses à faire : C'est alors que je décidai de construire une maison dans les arbres, Dès l'aube, je grimpe au centre de l'île pour vérifier qu'elle était bien ronde, Comment construire un barbecue portatif ? Pourquoi je suis aussi malin ? Comment survivre dans les bois ? on dirait des légendes sur de vieilles gravures.

Qu'est-ce qu'on fait demain matin ?

C'est la maladie Robinson, tout devient une expédition, on campe n'importe où, on s'accroche aux falaises avec des cordes, il n'y a que des problèmes, on barricade des grottes, on invente des avions, la fonction crée l'organe, je ne dis pas que j'ai des nageoires qui me poussent dans le dos à force de nager, mais presque.

Des petites ailes pour grimper aux arbres.

Avantage, on survole les problèmes comme un gros bourdon paresseux, pas mal, mais qui avait bien pu me programmer comme ça ? mystère, si on résume ma vie au maximum, on dira que les circonstances m'ont obligé à réaliser sans expérience des choses dont j'avais eu l'idée on ne sait où.

Sans mode d'emploi.

Au lieu de se faire une bonne petite hutte, j'ai dû pour des raisons obscures bâtir un palais en bambous, on ne comprend la bonne technique à utiliser que trop tard, l'objet déjà fini, il ressemble à une accumulation d'erreurs en forme de vague réussite.

Qui avait bien pu me demander ça ?

Le type qui bâtit une cathédrale a bien dû se faire un petit abri pour camper au pied de son monument, le temps des travaux, il oublie qu'il avait déjà construit sa maison en un tour de main, comme le nez au milieu de la figure, il ne comprend pas qu'il habite déjà quelque part et qu'il ferait mieux d'aller au lit, illico.

J'aurais dû comprendre ça plus vite.

Une idée ou une maison c'est pareil, il me fallait tout réinventer, mathématique, hydraulique, menuiserie, paysage, sensations, manières de table, qui est qui ? comment diriger les eaux de pluie ? comment faire sécher de la viande ? faire un culte à quoi ? comment se plonger dans les détails de la nature ?

Convertir Dieu.

Diffracter l'Éternel en milliards de petits dieux, pulvériser ses cellules, polyculture massive, un champ immense où les espèces se mélangent à l'infini, mon cœur est une jungle, et là-dedans c'est les montagnes russes, glou glou du sang de toutes les choses en réseau, quel travail, les amis !

Repos

Ça va aller pour aujourd'hui
de l'air

Allez gymnastique

Présent meilleur
ouf

Tout va bien

Respire
respire

Thé ?

Souchong ultrafort
citron ?

Nuage de lait, merci, deux tranches de pain coupées fines, je glisse ma tranche de jambon, c'est pratique, thank you Lord Sandwich, le bon air de la gymnastique rentre dans la dentelle des bronches, voilà l'idée, pas de stress, en voilà une retraite bien méritée.

Un bon bain.

Attenante à la cuisine-salon-chambre-bureau une pièce peinte en gris encadre une baignoire à pieds de lion dominée par une énorme gravure de la tour de Pise, serviettes nid-d'abeilles bien usées.

Robinets puissants.

F et C gravé sur l'émail, fumée chaude, on peut rester trois heures à lire, on pourrait mettre des canards en plastique dans le bain, et s'entraîner avec des appeaux, psiiiii-psiiiiii, en faisant vibrer la langue, il y en a un pour chaque type d'oiseau, avec celui-là, on risque d'attirer des vautours, dring.

Je devrais me mettre des plumes sur la tête pour les rassurer.

Dring.

Qui peut sonner si tôt comme ça ?

Dès l'aube, c'est absurde, enfiler robe de chambre de bure à cordelière rouge, dring, turban, dring, j'arrive, non mais c'est fou, ça va, j'ai entendu, pile au moment où je me glissais dans l'eau chaude, bzzzzz, ouverture porte, à cette heure, c'est absurde, vite, pieds mouillés, c'est toi ? entre, pardon pour cet accoutrement, mais je travaillais dans mon bain, j'ai de nouvelles idées.

Silence.

Tu emmerdes tout le monde avec tes idées à la noix, surtout des histoires de Retour des Îles, on en a parlé au club, tu risques d'être exclu, il n'y a rien de plus ennuyeux que les gens qui croient revenir du paradis, attention, tu connais le règlement, me dit-il, s'effondrant sur le petit lit de repos.

Si au club ça ne vous plaît plus, virez-moi, c'est bon, je lui dis, le plus froidement possible, de toute façon je n'y vais plus, dans ce club.

À quoi ça sert, un club ?

Ce qu'on raconte sur toi, dit le camarade toujours effondré sur le lit de camp, cigarette au bec, les yeux fermés, comme pour mieux réfléchir ou commencer à s'endormir, c'est que tu te perds dans des histoires trop compliquées, les gens ne veulent pas ça, les gens du club, ils veulent des gens de bonne compagnie, intéressants mais pas trop, surtout discrets, tu comprends le mot dis-cret, qui ne font pas une histoire avec tout, ça fatigue les autres, les récits de guerre, les naufrages, à chaque dîner, tu peux comprendre juste ça, que c'est fatigant.

Fa-ti-gant.

Le projet d'un club, poursuit-il, je te rappelle l'idée de base, avoir une vie parallèle dans une maison qui appartient à tous donc à personne, chacun fait ce qu'il veut à son rythme, lire le journal, dîner, un peu d'escrime, etc., mais à-son-rythme, avec des gens agréables qui ne racontent pas leur vie à tout bout de champ, tu comprends ça, il enlève sa veste.

Ces nouvelles redingotes sont d'un serré, ouf.

Écoute, je lui dis, c'est une période charnière, ça ne va pas durer, un explorateur rentre de voyage, c'est une chance, bon, je fais une conférence au club, genre Connaissance du Monde sur Moi, et c'est bon, je raccroche les gants, je reviens dans le rang.

Silence.

J'ai compris, je vais me taire, avant ça, je vais juste te dire une bonne chose, vous êtes à courte vue dans votre club, ah, on fait tout au jour le jour en ricanant, vous vous croyez supérieurs, les premiers à avoir de la distance, les premiers à qui rien n'arrive, vous oubliez que l'Histoire se fait sans se connaître.

Grosse faute, les amis.

Vous croyez être les premiers à vivre au second degré, que votre présent est en dehors, que vous êtes l'humanité arrivée à son apogée, grosse erreur, c'est idiot, dans mille ans vous ressemblerez à une petite foule grise de fourmis, et vos idées du jour soi-disant éternelles seront indéchiffrables, vous êtes des Mayas, vous êtes des ruines comme tout le monde, alors descendez juste d'un cran.

Oui, dit-il.

Calme, les gars, hein, calme, je me mets à hurler, faut descendre d'un cran, hein ? votre club de merde, imagine-toi juste que c'est un tas de cendres, moi j'ai vu la nature en grand, mon vieux, Oui, dit-il, et j'ai appris à survivre tout seul, Oui, dit-il, Et pourquoi tu répètes oui, comme ça ?

On dit toujours oui aux fous.

Tu veux boire quelque chose ? j'ai du fuissé, au tonneau mon gars, ultra-frais, spumante, psssssst, cent litres ça devrait suffire, j'ai aussi du Martini bien sec, pour moi c'est niet, zéro alcool.

Sashimi de n'importe quoi
et de la flotte

Régime-régime

le Martini
c'est la grande carafe, là

Sur le piano.

Donc, désolé, je change de sujet, j'étais dans mon bain, hein, oui, c'est pour ça que je suis en peignoir, j'ai installé une planchette dépliante sur la baignoire et un thermostat dans l'eau, température constante, je lis un livre, où il est expliqué très clairement qu'à partir du moment où l'accès à la vérité n'a plus désormais comme condition que la connaissance, alors il n'y aura plus jamais de récompense, attention.

Il n'y aura plus jamais de récompense.

Tu vois le truc énorme, à partir du moment où on pense que la vérité n'est plus capable de sauver une personne, s'il n'y a plus que du savoir technique, hein, eh bien c'est terminé l'effet de retour de la vérité sur le type qui s'est attelé au job, fini l'illumination, dit le livre, si la spiritualité disparaît, si on entend par spiritualité un ensemble de pratiques, de recherches, d'expériences par lesquelles le sujet opère sur lui-même les transformations nécessaires pour avoir accès à la vérité, eh bien, si ça disparaît, il n'y aura plus jamais de récompense, ce n'est pas rien, non ? bon, qu'est-ce qu'on fait ?

Il fouille dans ses poches.

J'en ai de l'ultra-bonne, il se lève, décroche un miroir du mur, l'installe à plat sur la table, jette une enveloppe bourrée d'une poudre jaune vif, en voilà de l'illumination, mon coco, on dirait du vrai pollen, abeilles enfermées dans un champ de citronniers.

Bzzz.

Super-jaune, tu vois le truc ? je n'en avais pas vu depuis mille ans, continue-t-il entre ses dents, et crac, qualité folle, il me tend un petit tuyau en latex noir.

Je suis anti-drogue, maintenant, je lui dis.

J'ai un ami royaliste, eh oui, il y en a de nouveaux, c'est le beau-frère du vice-président du club, poursuit-il après s'être largement servi du tuyau, qui voudrait te parler, toutes affaires cessantes, te parler d'une solution pour toi, un job ultra-payé, une cour royale en exil, il faut intervenir, il faut revoir l'image, ils sont en perte de vitesse, redessiner un logo, décoration intérieure, il faut tout refaire, c'est assez confus mais c'est relié vaguement au sport, t'es un ancien baroudeur, rires, ce sera du beurre, et en plus tu ressembles à Louis XI.

Rires.

Ils sont en exil, à la montagne, il fallait y penser, le chalet, tout simplement le chalet, le gros chalet de cinquante pièces en bois naturel, avec les télésièges au pied, c'est pas mal, ils ont construit une boîte en dessous, pour blanchir leur fric, c'est normal à la montagne.

Il rit un long moment.

La montagne, je l'interromps, j'adore, il y a des ? ces fleurs, là, comment ça s'appelle, je devrais y aller à pied, mais comment faire ?

Ça m'angoisse.

Quoi, ça t'angoisse ? abandonne tout ce bordel que tu as dans la tête, tu réfléchis trop, c'est pas bon, faut aller vers l'Orient, tu es beaucoup trop intellectuel, l'émotion, ça c'est bon, ça, l'émotion, tu es coincé dans le mental, je n'ai jamais compris, il y a quelque chose chez toi qui bloque.

Lâche l'émotion.

Mais l'émotion pratique, c'est ce que tout le monde dit au club, faut que tu sois pragmatique, tu dois valoriser ton passé, il faut se recycler et exagérer ses défauts, tu es un vrai self-made-man, ouvre les yeux, si tu transposes ton expérience, on dit couramment l'entreprise c'est une jungle.

Tu leur dis suivez le guide.

Regarde les mercenaires à la retraite, ils ne sont pas au chômage.

Vas-y.

Tu devrais accepter ce job, poursuit-il, la montagne, ça désintoxique rien que de la regarder, il ouvre une mallette en cuir noir et sort délicatement des pipettes de verre très fines, j'ai ça aussi, tu vois ça ? pur, ultra-pur, si on en prend trop on redescend jamais.

Tu veux du pâté ?

Le pâté le matin c'est formidable, tu te souviens quand on allait lever des lignes à anguilles ? on mangeait du pâté, coup de rouge, avec les gros serpents noirs qui bavent au fond du bateau, on vient de la campagne quand même, on n'est pas frères pour rien, après il fallait les étrangler avec une corde accrochée à une vieille pompe à eau dans un potager, et leur arracher la peau, vivantes, comme une vieille chaussette noire, comme ça, ratch, à l'envers.

Tu te souviens ?

Et si c'était une projection chimique en moi, je poursuis, hein ? comme on colorise un film noir et blanc, mais si la vraie couleur des choses est grise, alors, qui envoie les pigments ?

Qui envoie la couleur en nous ?

Des milliards de gouttelettes pour tout repeindre, les animaux, eux, nous voient vrai, en noir et blanc, j'en suis sûr.

Tu te souviens des nasses en métal ?

Choc métallique sous la gaffe, masse sous l'eau, et crac, des éclairs blancs, éclaboussés ! un banc de perches poursuivies par un brochet, victoire.

Et l'arc ?

Des flèches de toi, je suis sûr, il y en a partout, sous le lierre, enkystées dans des arbres, perdues dans les ifs, depuis si longtemps, tu dors ?

Si on attaquait les huîtres ?

J'ai un baril de marennes, pas du tout laiteuses, un gros pain de seigle, du beurre à la motte, ça va nous réveiller.

En avant marche.

Ce qui est vraiment raté c'est ce jardin, on se croirait à la frontière de l'Est, ou au beau milieu de l'Est dans une voiture de l'Ouest, Marienborn, la gare vide, ils glissaient des chiens-loups sous les wagons, manque juste les miradors, j'exagère ? ça a du charme ? trois haies ridicules, pas d'ombre, du laurier-tin qui sent le pourri dès qu'il pleut, pas assez de recul pour une chaise longue, zéro, accrocher un hamac ? impossible, le facteur, dès l'aube, pin-pon, le lait, les paquets, bonjour, gnagna, les crottes de colombes, pitié, et puis devant c'est Indianapolis, on dirait des voitures à réaction, j'ai du verre insonorisé, quatre couches, avec un truc génial, pas seulement l'obscurcissement automatique en fonction de la lumière, mais un nouveau système, comme pour les verres progressifs, en fonction de l'endroit où on se met dans la pièce le verre n'aura pas le même grossissement, on peut choisir sa focale en marchant, il suffisait d'y penser.

Tu veux du blanc ?

Toutes ces bagnoles, c'est l'enfer, quand on s'est installé là c'était la campagne, on avait l'impression d'habiter la maison de Thomas More, utopie, home sweet home au bord de la Tamise, la maison Plus, ça change, surtout les voitures.

On dirait des dragsters.

Les gars enlèvent leurs pots d'échappement, le tuning se généralise, toutes les imbécillités des gens, toutes les manies finissent par devenir des critères d'industries lourdes, on fabrique à la chaîne des tours Eiffel en boîtes d'allumettes, un fou décide de rajouter un aileron à sa voiture, l'accessoire, renommé entre-temps Stabilisateur, devient De série quelques années plus tard, il suffisait d'y penser, un gars décide de faire des graffitis sur sa Harley, deux ans après tu as le graphe en Letraset plastifié.

Merde à celui qui le lira, à 100 000 ex.

On peut dire aussi le contraire, qu'une bonne invention est transposable d'un ordre de grandeur à un autre, un alternateur pour Meccano est le même que celui d'une éolienne de vingt mètres de haut, alors il n'y a pas que du mauvais, une petite connerie peut devenir une grande idée, un type a mal aux dents un matin, gueule contre son voisin, en s'énervant il tombe par la fenêtre, son cousin le trouve mort, accuse le voisin de l'avoir défenestré par ordre du fleuriste du coin jaloux, qui s'appelle Madame Fleurdelisse, un complot, on accuse les royalistes, c'est la Révolution.

Réveille-toi.

Je ne me sens pas très bien tout seul ici, tu devrais t'installer au premier, on lirait, on parlerait, on se ferait un petit club mais que pour nous deux, des bons gros coussins, un bon tapis persan, une barrique de cognac et en avant, on recommencerait une vie de célibataire éternelle, je me sens comme en exil, mais tout recommence, bref c'est une drôle de période.

Il dort ?

J'ai besoin d'un calmant, j'ai un afflux d'idées, voilà, j'avoue, je suis dans une super-mauvaise passe, il n'y a qu'à toi que je peux dire ça, tu es mon vrai frère, les idées me foncent dessus, de toutes petites idées mais ultra-rapides.

J'ai besoin d'un super-calmant.

Je les attire comme un aimant, ces saloperies d'idées, je suis bloqué, bon, qu'est-ce que tu penses, dis-moi, vraiment, tu sais on a dû être siamois.

Tu DOIS comprendre

Je le secoue
oh

Eh
c'est bon, calme-toi, ça va, me dit-il, se réveillant

Tout blanc

Attends,
d'accord

Mais juste un petit peu, hein ?

Il se réveille vraiment, sort une petite boîte en métal entourée d'un élastique brun foncé, la seringue est en verre avec de gros traits bleus, un minuscule Butagaz chauffe une capsule, le liquide devient noir.

Je lui tends mon bras.

Stendhal disait, j'ai une espérance archifolle, ce n'est pas mon cas, alors je m'enferme, je m'équipe, hyperbien, regarde ce petit truc blanc avec un voyant vert, ultrapuissante la borne, et le routeur qui clignote, infrarouge, illico.

Bip.

Tout est relié sans fil, tu vois pourquoi je n'ai plus besoin de sortir.

Dis donc, c'est fort, ce truc
oh

Tu dors ?

Il ne répond pas, tête sur la table, comme tombée dans son assiette de soupe, ses cheveux retenus par un nœud rouge, avec son anneau à l'oreille.

On dirait un pirate endormi sur un bastingage.

Chers esprits.

Le coup de génie c'est la piscine dans la cave, pas mal, non, comme un puits, tout le monde était contre, l'été on peut la remplir de glace, ça maintient le sol toujours frais, et l'hiver c'est chaud, on est juste au-dessus, on est au bain-marie, les esprits adorent les températures constantes, je ris très fort pour le réveiller, il dort, il doit rêver, et en compliqué, vu la dose, il est détendu quand il dort, il est plus sympathique d'un coup, on est différents mais on s'aime beaucoup quand même, on est un peu comme deux jumeaux séparés à la naissance, l'un des deux confié à une tribu d'Amazonie, pour prouver que la culture a quand même de l'importance par rapport à la nature, c'est moi, et l'autre, resté une cuillère d'argent dans la bouche, devenu le comble de son monde d'origine, un pur fêtard accepté dans un club de gentlemen, en devient vice-chairman à force d'intrigues, drogué au dernier degré, prétendant qu'il le fait par devoir, par chamanisme, un chairman chaman, il suffisait d'y penser, que c'est pour la bonne cause, voir Dieu et son groupe, en accès libre, qu'il maintient la transe pour le salut de l'Église, et donc de la famille, et donc de notre argent, vive la finance, il a raison, on le plaint même, on l'admire, et c'est moi qu'on prend pour un véritable délinquant, on me blackboule, c'est le monde à l'envers, alors que c'est moi qui reviens de la jungle, c'est moi le primitif, et qu'est-ce que je fais ? moi, je travaille, je réfléchis, je fais un régime, je ne grimpe pas aux arbres pour manger des bananes, c'est moi qui ai les pieds sur terre, et un drogué me dit, à moi, que je ne suis pas pragmatique, à moi ?

Il y a erreur sur la personne.

Monsieur se prend pour un corbeau impunément, Monsieur a des visions utiles, croa-croa, je parle à voix haute en permanence pour ne pas m'endormir moi aussi, comme quelqu'un qui chante en conduisant, ouh-ouh ?

Il gémit très doucement.

Je ne suis pas très frais non plus, c'est exagéré les effets de cette substance, le monde se ralentit, comme dans les nouvelles publicités pour l'électricité et le gaz, les banques ou l'assurance-vie, une fille a des yeux gigantesques, un ballon met trois heures pour atterrir sur un mur de lierre, un éléphant tombe au ralenti d'une falaise, pendant que le type a trois milliards d'idées, il a juste le temps de reposer le peigne, et crac, retour définitif du temps perdu.

Gémissements.

Rien, zéro, plus de réponses, sinon des petits soubresauts qui indiquent que je suis rentré dans son rêve.

Tu dors ?

Si j'étais aussi dans le coma, imagine ça, on aurait encore plus de mal à se comprendre, bon, estimons-nous heureux, ce coup de l'alphabet avec les doigts sur ta main, c'est fantastique cette invention de notre chère Fräulein Müller-Novalis, si tu n'étais que sourd on aurait fait les carnets de Beethov, passe-moi le sel.

M-e-r-c-i.

J'ai l'impression de faire une sarabande en morse sur sa main.

Dring.

Téléphone.

Oui, on voudrait juste passer, là on est au bout de la rue, ça va sinon ? on est juste à côté, on passe deux secondes, on a de la vodka au poivre, on est trois, il y a Pauline, en plus, si, Pauline, Pauline, c'est ça, on arrive.

Sors les verres.

Mais avec plaisir, on vous attend, je bégaye, mais il y a déjà des gens, de toute façon, non, il n'y a que mon petit frère, effondré dès l'aube, rires, hein, je suis coincé, hein, je ne peux pas dire non, rires, bon allez-y, mais je dois finir un travail urgent, ah secret ! On ne reste que trois secondes, mais bien sûr, voilà, ils sont déjà là.

Pauline.

Joie de vous voir, ils arrivent déjà, alors, pour faire camarade, cette vodka au poivre ? effectivement le miracle se produit, un liquide rouge congelé coule dans un grand verre, comment avez-vous fait pour la garder froide ? on a son congélo dans la voiture ? ou plutôt la voiture est déjà un congélateur, il fait moins trente, bien sûr, mais ça chauffe à fond ici on ne s'en rend pas compte, et lui qu'est-ce qu'il fait, hein ? il dort, je réponds, Jaune citron, c'est du pollen ? demande le premier type assez agressif à grandes lunettes de hibou, il paraît qu'on fait du rose aussi, à mâcher, ah bon, je réponds poliment, ils sont trois derrière elle, comme des gardes du corps, l'un des trois louche énormément, je ne sais pas quel œil regarder.

Voulez-vous un plaid, Pauline ?

Pauline, c'est ma sœur, on n'embrasse pas sa sœur sur la bouche, si on mettait de la musique ? avec cette neige, on se croirait dans un film russe, eh ? ouh-ouh ? allô ? musique ? tout le monde parle en même temps.

Allô.

Vous allez me demander si c'est moi qui lis un livre pareil ? c'est ça ? mais non, on me l'a envoyé, je n'aurais jamais acheté, c'est même curieux qu'on ait le droit de republier ce truc interdit.

Ce n'est pas le truc interdit.

Ah, et toi qui croyais justement que c'était ce livre-là justement, j'ai dû inverser le nom, j'ai fait une anagramme involontaire, je ne l'ai pas encore lu et on me l'a envoyé de manière anonyme, c'est inquiétant, mais je dois me tromper, ce n'est pas le livre interdit, là, le ? comment il s'appelle ?

Ce livre-là ?

Il ne répond pas, et me regarde avec froideur, comme si j'étais une chaise, un gros insecte égaré dans la pièce.

Ça va comme ça, je lui dis.

Je suis chez moi, si j'ai envie de lire un livre interdit, on est en république que je sache, tu commences à me chauffer, d'abord qu'est-ce que tu fabriques avec ma sœur ?

Vous êtes qui d'abord ?

Mets la huit.

On danse un petit coup ? Culture Musical Club, la sept, tu aimes la sept ? la sept c'est As you like it, on peut bien danser avec, tu as compris les paroles ? ça, c'est un genre de saxon-espéranto, du pré-anglais un peu druidique mais créolisé, le tube absolu, j'adore, je dis au deuxième type qui suivait ma sœur, c'est un tube incassable, non ?

Mets la huit, elle est bien aussi.

Tu sais maintenant il y a des raves pour sourds, les ultra-basses passent dans le corps.

Boum boum.

C'est bizarre, c'est un pyjama ? je m'adresse en dansant à l'autre fille que je n'avais pas encore remarquée, c'est moulant aussi, avec des petites poches, un petit col, une petite ganse, comme le nerf d'un poisson, si je te touche là, ça doit envoyer le signal au bout, regarde, bzzzz, c'est un vêtement électrique ?

Change de disque.

Dix, je crie, excusez-moi, mais avec les commandes vocales, il faut insister, ça marche aussi par gestes, mais il faut que je sois tout seul dans la pièce, c'est formidable, le petit robot nettoie au doigt et à l'œil en permanence, les verres cassés, les flaques de vin, les cigarettes écrasées sur le tapis, le vomi sur le parquet.

T'as encore vomi ?

Je vous avais dit de ne pas mélanger, le pollen plus l'alcool de fruit, attention danger, bon, tant pis, il y a une solution classique c'est de prendre des B 22, mais je ne garantis pas les effets secondaires, il paraît que ça fait pousser les cheveux en accéléré.

C'est vrai ? demande Pauline.

Absolument, poursuit le type en orange, un matin tu te retrouves avec la boule d'Angela Davis, il n'y a pas que les cheveux, sous les bras aussi, ça pousse à vitesse grand V.

Eh, toi, arrête de raconter n'importe quoi à ma sœur.

Et ça s'accélère, on retombe en enfance, une fête c'est comme ça, on mime des groupes imaginaires en dansant, on fait des gestes de tribu, on fait semblant de jouer aux Indiens, ou la version second degré, en agitant le bassin, plissant les yeux, comme quelqu'un qui inventerait le rock en direct.

Imaginez Lévi-Strauss en train de danser le jerk.

Je rajeunis à vue d'œil, ouh-ouh, il reste un fond d'Izarra verte d'il y a trente ans, bouteille très collante, ou du Fernet-Branca en flacons individuels, faites la queue, merci.

Il y a aussi du sirop pour la toux.

Mets la neuf, non, la neuf, j'aime moins, Pauline, mets la douze, la dernière, c'est doux, c'est un slow ? c'est une fin, en canon, tout doux, c'est des petites paroles dans l'oreille, pour dire bonne nuit.

C'est tes seins, là ?

Qui préfère continuer à la vodka ? Pauline, assieds-toi là, tu veux un coussin ? tu ne serais pas enceinte ? t'as un côté légèrement joufflu, Ne le dis pas à maman, dit-elle.

Tu es enceinte de qui ?

De ce type-là ?
je désigne le type en orange

Je ne sais pas duquel.

Mais dis-moi qui c'est, quand même, t'es dingue de ne pas dire, et l'enfant ? hein ? et la paternité ? c'est zéro pour toi ?

Dring ?

Qui dring ? ah, voilà les autres, entrez, ballet, les voilà sur les pointes, par deux ou trois, toute la tribu en retard, avec les mêmes blagues, en posant les manteaux.

Vodka pour les nouveaux.

Avant de déjeuner, on danse un peu, non ? on se remet la sept, c'est le vrai tube.

Je veux un enfant à tout prix
un enfant de qui ?

C'est quoi un tube ?

Pauline, un tube, c'est quand la musique se mord la queue, la voix vrille, hop, hop, s'enroule autour du bâton de la musique.

Boum, boum, boum.

Et les paroles autour, je te traduis, quelquefois c'est bien de comprendre les paroles, l'été, l'été, c'est ça l'été, l'été.

Il fait beau
il fait beau

Prends-moi dans les bras

On tourne
on tourne.

On arrête, ça va, on ne va pas danser toute la matinée, comme des idiots, venez, je vais vous montrer quelque chose.

Par ici, bougies.

À la queue leu leu, merci, escalier à vis, on grimpe comme à l'intérieur d'une tour, c'est haut.

Vous n'aviez pas prévu le coup de la tour.

On grimpe
ça tourne dans la pierre

On n'entend plus rien.
Vous croyez quoi, je dis au type orange impressionné, le truc de ma cave, ça ne marche que si vous pouvez grimper tout en haut, au ciel, une terrasse, mon vieux, une terrasse, vous croyez quoi ? que je me prends pour un pharaon mort ?

Oui, non, oui, non.

Il hoche la tête en cadence, il boit mes paroles, ça y est, il sent que je le domine, il voit bien que je suis un animal, comme sur un écran qui superpose à une image réelle des graphes, des grilles, des formes, escadrille ennemie en silhouettes blanches, une tête de loup sur un visage d'ange.

Loup.

J'avais vu les choses en grand.

Dans l'armoire de la cuisine, trouvé un vieux service Empire, avec grosses abeilles dorées sur assiettes et plats, fourchettes à deux dents, couteaux à scie en argent, capables de couper une cuisse de cerf.

Une série de bébés kangourous entiers.

Cuits dans leurs poches, enveloppés dans des feuilles de banane, macérés dans du rhum, flambés, désossés et reconstitués, comme endormis sur un lit d'aiguilles de pin.

Une petite table, c'est plus joli, au centre, nappe blanche.

Devant cette salle à manger improvisée s'ouvre une terrasse, ça fait une sorte de cloître suspendu, un promenoir carré sur les toits plats, on tourne dans le sens des aiguilles d'une montre.

Et le temps tourne, d'ailleurs.

On danse, on déjeune, on dîne, on redîne, une vraie fête où l'on oublie les heures, exactement comme lorsque tu développes des photos, tu fermes le cabinet noir, on rouvre les portes, et c'est le matin.

C'est un peu ce qui nous arrive.

Reste du kangourou froid pour qui veut, ça donne des ailes, bon, sortez les transats, je commence à fatiguer, on devrait se faire des gin citron.

Si on réécoutait Pelléas ?

L'idée classique de dominer la nuit, je leur dis, d'attendre le matin, de s'asseoir n'importe où, on écoute un merle, en revenant par paliers de son ivresse, gradation du bleu dans le noir, trilles qui sauvent, espéranto de Ça va aller, c'est tellement bien, excusez-moi, j'ai un accès de joie, trinquons.

Skôl.

Avec l'heure je deviens mélancolique, je suis revenu, Chers Amis, j'ai choisi ce décor, dis-je en levant mon verre, pour évoquer des tramways dans la brume, un lac gelé entouré d'arbres, une clairière blanche au milieu de la ville, avec féerie illuminée au bord, on marche sur la glace, regardez, mouettes dans les érables, pardon, je délire, mais je suis heureux, voilà, d'un coup, je suis heureux, ça me fait penser à énormément de choses, les barrières successives des villes, les passages, une agitation de drone, comme une petite fusée sur une pelouse devant le lac, énormément de choses qui se mélangent à un tel point que je suis parfaitement heureux.

Tout le monde boit cul sec.

Si on se jetait de là, et si on se faisait des parachutes avec cet imper ? on volerait, essaye ça, dit Pauline.

C'est écrit.

Avaler un demi-Patte de Poule, concassé avec un quart Vent de Printemps, gélule magique, ça fait voir des grues, dit la notice, des grues à 1 000 à l'heure plein nord, en tout petit.

Et mon régime, Pauline ?

Ce sont des médicaments, ce n'est pas de la drogue, dit-elle, je vole, encore les oiseaux, toujours les oiseaux, on n'aime que ça, on s'appuie sur les souffles, tu sais, je t'aime toi, les yeux agrandis, fixes, comme deux pointes dans le bleu du ciel, le jour, oh, le jour se lève.

Je suis poète
ça y est

Je vois tout en fragments

Mais reliés
c'est beau

Tranche de nuage
ah

Dong

Dong
cloches, sept fois.

Vite, redescente cuisine pour échapper au vrai jour, tonneaux fracassés pour récupérer la moindre goutte.

Il reste un biscuit par personne.

Si on faisait infuser des pommes de terre ? dans l'eau de Cologne, dit Pauline.

Ça ferait du cognac
voilà

Tu ne te souviens pas des IHK 78 ?

Sous une planche, miracle, il y avait, oublié depuis un an ou plus, un gros sac de BC 567.

Et victoire
surtout des IHK 78.

C'est fort, dit Pauline.

On ne va pas finir comme les fêtes à la cambrousse, dit un jeune type roux à grosses lunettes, tout le monde affalé sur la table sur le gravier du gîte, les yeux comme des lapins, pitié, tout pour éviter ça.

Je m'arrose d'essence.

On n'a qu'à se foutre à poil, et se sauter dessus, dit le type en orange, en ricanant, eh bien vas-y, t'es pas cap, c'est ça, et ça ? t'as déjà vu ?

Si on descend par là, il y a un bassin.

Venez voir, il fait tout noir, passe-moi la bougie, oh, dessous il y a un bassin, c'est ce que je te dis.

Elle est chaude.

Alors ça, c'est une idée de génie, une piscine sous la cuisine, voyage au centre de la Terre, on fait les tortues dans le noir, en plein Chelsea, faut le faire, regarde, je nage sous l'eau.

Pauline, je t'aime.

Je nage, corps jaune, comme une carpe au fond d'un lac, vert pomme avec des excroissances, corail d'années, peaux mortes devenues cornes, j'ai une carapace, Histoire de la grenouille et du soleil ? Origine des taches de la lune ? La guérison par les loutres, Les oiseaux tonnerre et leurs nièces ?

Pauline, pourquoi tes yeux sont si grands ?

Je suis mort.

Il me faut un kimono pour les matins difficiles, jersey, survêtement mou tendre, ajustant et absorbant ou un peignoir en goretex, doublé lycra épais, combinaison zippée couleur mur, poches en cuir de kangourou teintées en rouge, à soufflet, le corps entièrement entouré de bandelettes, on pourrait prévoir une petite housse pour la bouteille de vodka en peau de porc surpiquée rose pâle qui s'adapte à la combi avec un scratch, et puis mon petit colt .22.

Une camisole de force tout confort.

Tu devrais partir dans ce truc à la montagne, me dit mon frère brusquement réveillé, tête ensommeillée sur la table de cuisine, On ne comprend plus rien à ce que tu racontes, tu es entouré de bouffons, même Pauline répète tout ce que tu dis, comme un perroquet, tu as tellement réduit ton monde à une petite bande de suiveurs, on dirait des apôtres endormis, c'est pathétique, il faut que tu te confrontes à des gens vraiment différents, c'est ça dont on parle au club, c'est clair, net et précis, tu t'enfermes avec une bande de crétins, et Monsieur pérore, mais confronte-toi à la réalité un peu, les gens ont de vraies vies, avec un rapport pragmatique à une réalité partageable, tu parles tout seul, tu as conscience de ça ? deux, j'ai réfléchi, finalement ton idée de conférence sur toi, ce n'est pas si bête, tu fais un truc bien, avec une vraie autocritique, et les gens au club passent l'éponge, c'est idéal, la montagne, pour préparer une conférence, surtout sur un sujet si intime, tu travailles ton truc à fond et tu reviens me voir, plusieurs années minimum après, à la classique, je me déguise en moine zen, je te fais réviser, et si c'est bon, comme je suis ton frère, je peux donner un coup de pouce à ton dossier de réadmission, c'est faisable, encore que je m'avance peut-être, au club, ils ont horreur de ce qui de près ou de loin peut ressembler à du piston.

Partir ?

Je suis assis désespéré sur la table de la cuisine, la bouteille de vodka à la main, ciel noir qui devient bleu, lui fait des allers et retours en parlant, bleu-noir-bleu-noir, il faut ceci, il faut cela, etc., tu dois te ressaisir, tu bois trop, la montagne serait un dépaysement, si tu continues comme ça, tu vas devenir fou, ce régime, cette idiotie de rester tout seul dans le noir, même Pauline le dit, etc.

Laisse Pauline en dehors de ça.

Il se tait, les yeux au ciel, comme pour dire, ne va pas me ressortir les histoires de famille.

Eh !

Eh, je n'ai rien dit sur la famille, je dis juste que partir ce n'est pas évident, je suis pragmatique aussi, les autres aussi sont enfermés, vous m'amusez à croire que vous êtes les seuls à ne pas être fous, chacun vit dans son mythe.

La prison.

Après tout pourquoi pas ?

J'avais réfléchi pendant les secondes qui précèdent, que faire ? un voyage d'accord, mais utile, je veux bien reprendre le combat, cette fête, ça m'a changé, je repars, écoute, j'y vais, la montagne, pourquoi pas, je lui dis.

La montagne, mais oui.

Tu te souviens du saut à ski ? j'avais une petite caméra, on avait l'impression de regarder dans des jumelles à l'envers, on filmait dans un petit timbre-poste noir et blanc, tu te souviens ? ne me dis pas que tu ne te souviens pas de ça.

Je te signale que tu es mon frère.

On allait au saut à ski, mais si, le tremplin au milieu de la forêt, encore plus beau l'été, comme la muraille de Chine au milieu des prairies.

Énorme, le tremplin vu du bas.

Les sauteurs remontaient en file indienne les escaliers comme une échelle, et clac clac, fracas, volée de bois vert sur piste, le type atterrit, je me souviens, le visage angélique de l'homme-oiseau, anoraks sans son, froissements de laine.

Boum
7,32 secondes après

Arrivée terre.

Pareil, si on projette à l'envers un plongeur s'enfonçant dans l'eau on le voit surgir au ralenti d'une masse en fusion, milliard de bulles, éjecté du déluge, à contresens, je vais me racheter une caméra, reste encore un peu, on boit un dernier verre et c'est fini, juste cinq minutes, le cinéma, finalement, c'est pas mal, non ?

Reste un tout petit peu.

Non, je vais me coucher, soupire-t-il, ah, tu m'épuises, tout le monde dort, regarde, c'est vrai, il y en a dans tous les sens, endormis, trois tête-bêche, quatre roulés en boule, deux la tête renversée sur un fauteuil, et toute une ribambelle effondrés sur le tapis, nus avec de serviettes multicolores et des cendriers renversés sur le visage, l'irruption d'un volcan voisin les avait surpris dans une orgie.

Suicide de secte ?

Pathétique, je lui dis, tu as raison, je ne vois pas des gens bien, faut repartir à zéro, allez, reste un tout petit peu, je recommence en gémissant, tu sais, je lui dis, juste trois mots, je ressors un vieux truc pour essayer de l'amuser, devine comment s'appelait le valet de chambre de Brummel ? Brummel, le chef des dandies, eh bien, son valet s'appelle Robinson, Ro-bin-son, il fallait y penser, donc Vendredi c'est l'autre, c'est le maître, c'est l'histoire à l'envers, Vendredi c'est le patron, tu crois que je peux faire quelque chose là-dessus ?

Ta gueule.

J'ai compris, il faut que je me la boucle, je vais là-bas, j'apprends un nouveau métier, très bien, je disparais, juste, à ma décharge, je pensais naïvement que les gens qui parlent beaucoup colmatent les trous dans la cale, erreur, j'étais le gars qui avait percé la coque, les uns parlent, les autres meurent, plus on accélère son bien-être, plus il y a de morts, on leur coule du ciment dans la bouche.

Mais ça va de mieux en mieux.

Je ne parle presque plus, je suis de plus en plus vrai, j'habite ma propre vie, je suis mieux réglé, c'est une bonne nouvelle, j'entends une voix qui dit Je suis en vie je suis en vie, ça doit être Dieu, donc tout va bien, regarde, je m'entends très bien avec tout le monde.

Regarde avec Pauline.

Arrête
de parler de Pauline

Mais
qu'est-ce que tu veux dire ?

Pleurant, là
mais

Dans les bras
allez

Sanglots
ah

Je crois que je vais partir.

Pars, ne pars pas, je partirai, oui je pars, partons, etc., on se met à parler si fort qu'on ne sait plus qui parle, on parle en même temps, ça se déroule à toute vitesse, corolle, en toile d'araignée en trois dimensions, ballet des milliards de chaînes dans l'ADN, les acides aminés des images.

Ciao.

Tout s'éjecte de moi, c'est terrible, comme une fusée lâche un étage, la boule informe d'idées, toutes les petites idées en feu, ciao dans le noir.

L'origine de la Lune

Une décision transparente.

Se barrer, louer un gros pick-up Toyota rouge, action, je roule, direction neige.

Ce n'est pas la porte à côté.

On part sans rien, ça ira, on s'achètera tout au fur et à mesure que la température baisse, on verra bien, duffel-coat, caleçons longs, gants de soie, on monte vers la neige, par paliers, on roule, on roule avec des pensées, on se galvanise.

Ma Toyota est fantastique.

Je pense en roulant, on est parti, on se lance, ça ressemble à un vrai départ, en avant comme avant, on se glisse dans le déjà-vu, un petit homme à perruque poudrée traverse les champs blancs, on se le dit à haute voix, on parle fort dans la voiture, ça fait plaisir à tout le monde de pouvoir juste dire ce qu'on est en train de faire, deviens ce que tu es, comme on rougit, couleur de vie, afflux-chaleur, mots égale maintenant, parler ici bien, moi content, nouveau V8 à 32 soupapes, contrôle de stabilité, blocage du différentiel, la route est excellente, même si l'on sent des petits grains, gravillons, poussière, tornade brune de sable et les habituels buissons en boule des westerns, on dira ce qu'on voudra, ça fait un bien fou de partir, c'est une évidence, mais on l'oublie toujours, donc c'est une surprise, donc ça fait un bien fou, et dire que j'hésitais, mon frère avait raison, il faut toujours qu'il y ait quelqu'un qui vous désigne l'objectif, c'est bien d'avoir un frère.

On est encore loin de la neige.

On tire un trait dans le paysage, c'est ma Toyota, ça marche, phares à photo-injection, huit roues motrices, c'est très pratique, les pneus énormes épousent tous les accidents possibles, c'est la Princesse au petit pois, chaque vibration donne un renseignement utile sur la route, chaque pensée se divise en branches, on roule avec des pensées, on enlève de chacune la part inutile qu'elle contient, souvenirs gazeux, vapeurs anciennes, et on recommence à l'infini, comme ça, on avance, on traverse des forêts gigantesques, ah, je ne savais pas qu'il y avait des arbres de cette taille, on a l'impression de voyager dans un conte, mais un conte très proche, sans visions, ni éléphants roses, ni mirages.

Faudra revenir voir tout ça tranquillement.

On n'a pas le temps de regarder le paysage, on roule, les indicateurs de pression sont plein vert, les ABS à capteurs règlent en temps réel l'adhérence, répartissant intelligemment leurs réflexes pour garder la vitesse idéale en toute sécurité, c'est fantastique, cerveau-arbre, on mouline, admission, compression, explosion.

Je naquis d'un coup dans le vert des mélèzes.

N° 44.

Ça c'est de la route, avec les arrêts obligatoires, les stations-service désertes qu'on voit dans toutes les photographies, c'est ça le problème des voyages, les images vous sautent aux yeux, ça peut être pénible, je remarque, en me garant sur l'aire de repos.

Lettres en rouge

Texaco
écaillé.

Le célèbre Diner en inox, mobile home avec cheminée, café à volonté, BLT mayo, bacon, lettuce, tomato, trois litres de jus d'orange, et la tarte aux pommes que j'avais gardée pour vous.

Honey.

Je déplie sur la table de formica vert pomme mon carnet de philatéliste, extirpons précieusement la petite coupure de presse, Annonce en lettres noires, sur blason gravé, relisons, il faut s'imprégner des contraintes, Cour royale en exil, Programme de reconstruction d'image, Cherche conseiller, Sportifs bienvenus.

Une dynastie en fuite ?

Au ski ? c'est bizarre, Bourbon-Parme ? Hohenzollern ? branche cadette d'un empereur eskimo ? Un château aux sports d'hiver ? le chambellan en luge, le grand écuyer en bobsleigh, le trône sur peaux de phoque, il suffisait d'y penser, Messieurs, la Cour, arrivée de la Reine en combinaison vert pomme, le Roi a son téléphérique privé, sièges en bison, room service aérien, ça doit être bien.

Mais conseiller en quoi ?

Artiste s'abstenir, poursuit l'annonce, chambre atypique tt cft dans chalet, nourri, logé, blanchi + primes, remonte-pente illimité.

Conseiller ?

Je vais leur dire, voilà ce qu'il vous faut, quelqu'un de complet, un pur autodidacte donc, un seul conseiller pour tous problèmes, un self-made-man, mon frère avait raison.

C'est moi.

J'applique les techniques de chasse au management, et le marketing à la botanique, un savoir unique, des applications innombrables, un tronc commun, il vous faut quelqu'un qui a dû se trouver dans une situation limite au moins une fois, un naufragé, par exemple, c'est moi.

Je vais dire ça.

Reconstruction d'image ? ils doivent avoir des problèmes, le shah d'Iran à Megève, se renseigner, il doit y avoir des documents, c'était il y a un siècle, pareil pour l'accident de ski du prétendant Bourbon, il y a des milliers de livres là-dessus, sa femme, la Reine, est morte d'une indigestion de choucroute, on comprend qu'ils aient peur, on a une image en baisse, on voudrait changer de style, on a un problème de vieillissement de notre enseigne, et tout en ne perdant rien de notre passé on veut donner un coup de modernité, c'est possible ?

Je leur dirai Oui.

Mais est-ce qu'on peut rajeunir l'image tout en gardant l'ancienne ? mais aucun problème, tout est dans tout, je répondrai du tac au tac, ils vont m'engager, c'est sûr, je suis le meilleur, prenez-moi, ah les charges ! ah personne ne nous pousse à engager aujourd'hui, les CV anonymes, aïe, ils vont me dire ça.

Les charges.

Mais, en plus je peux faire répétiteur du Dauphin, je suis sûr qu'il y a un Dauphin, nuit et jour, sans problème, une autre corde à mon arc, j'avais répondu.

Si je suis en situation.

J'aimerai votre Dauphin comme la prunelle de mes yeux, etc., pas de châtiments corporels, pratique d'instruments, sport à fond, direction de conscience, tournois maison, pas de futur roi sans divertissements, bien sûr, et puis esthétique, décoration intérieure, révisions des croyances, bref tout de A à Z, conclusion, engagez-moi.

Signature.

Vous trouverez sous ce pli mon certificat de champion de saut à ski.

Une après-midi entière à reprendre ses esprits, une cafétéria déserte, c'est idéal, les heures passent, je ne suis pas pressé au fond, je suis pragmatique.

Quand on veut repartir à zéro.

On doit tout repenser, comme on réapprend à tirer au revolver de la main gauche, on se rouille, moi qui croyais que le fait de décrocher de tout allait me faire avancer, ce régime, c'est l'erreur, on perd un dixième de capacité par an, en moyenne, mon frère avait encore raison.

Pitié.

L'idée de finir tout seul dans cette cave, quelle idée idiote de sacrifice à la noix, ce régime excessif, renoncer à tout, c'est idiot, ils m'ont sauvé la vie, cette nuit m'a secoué les neurones, j'ai des atouts, il faut arrêter de se faire du mauvais sang.

Je dois valoriser mon passé d'explorateur.

À force de réfléchir, la nuit commence à tomber, et les derniers clients s'engouffrent dans d'énormes camions rouges.

Total en lettres blanches.

Excusez-moi, il n'y a pas moyen que je me fasse un petit somme à l'écurie ?

Et là, évidemment, le scénario s'enclenche.

La cafétéria déserte, la fille à moitié à poil, en bout de bar à la fin du service, c'était tout vu, Le serial killer, je lui dis comme ça, pour briser la glace, c'est le contraire d'un explorateur, hein, rien de neuf à découvrir, tous les jours pareils, la routine, je plaisante.

Rires.

Elle me fait Oui des yeux, bon, en piste, on y va, tu vois, là-dessous, il y a 562 chevaux, ça ressemble à un tank sauf que c'est une voiture, motel, ça va plus vite, on se gare devant, eucalyptus fatigués, machine à glace, la galerie à l'arrière, chambre 27, la plus tranquille, clim à fond, moustiquaire et hop au lit, Susan ? c'est ton nom ?

Tatouage.

Je lui raconte tout, c'est terrible, je remange ma vie, comme on doit le faire à chaque fois qu'on veut séduire quelqu'un, je lis mon discours, c'est terrible, le récit officiel, maladie Robinson, je lui dis, elle ne connaît pas, ce n'est pas grave, il y a des moments où on est heureux sans comprendre, une curieuse chaleur descend de ma nuque, par vagues, comme un signal, elle doit ressentir la même chose, la communication, ça marche, bip, oh, tu as des pupilles gigantesques, bip-bip.

Rires.

Et ne va pas me dire que je ne suis pas assez dans l'émotion, tellement de gens, je ne sais pas, tellement, enfin, comme si je, je n'arrive pas à expliquer, si.

Chut, embrasse-moi
là
Oh, regarde, Bible dans tiroir, écoute ça

Je me souviens
des jours heureux

Et je pleure
tu saisis mes paupières

Susan ?

On dirait une chanson, non ? Su-san ? les yeux fixes, elle dort déjà, attendre, rien faire, reprendre des forces, refaire du sang, manger du sucre, étendu, dormir, durer, télé neige, ralenti de fleurs au plafond, machine à glace, un hanneton décolle dans la chambre ? non, c'est la clim, on dort, on rentre dans la contre-forme des dormeurs successifs, couples enlacés dans la pierre, gisants dans cours en béton, catalpa mort, dormir, faut se reconstituer, c'est obligé, c'est connu de tous, la vie c'est comme ça, action-réaction, après la pluie le beau temps, reprendre des forces.

On n'a plus d'hallus.

Fini de voir une silhouette dangereuse à la place d'un amas de vêtements tapi dans un coin, plus d'ours blanc, adieu lit banquise, plus de message terrible, Oh, tu disparais dans les ondes, terminé.

Oh, il faut que je te rattrape.

Il y a du grain.

À force de fixer le plafond, ça s'épaissit en vitesse lente, ça fait des traînées, chaque item a son fantôme, on est suivi par soi, que faire pour se remettre les deux pieds sur terre ?

On lit.

Lampe directionnelle, c'est une bonne solution, des livres utiles, Rousseau sous la neige, Western avec chevaux sur lac gelé, Huron silencieux et trappeur mutique, Dandy des neiges et Prairies lyriques, on y apprend des choses sur la résistance de certains humains, comment tenir le coup ? qu'est-ce que le sang-froid ? différentes méthodes pour sécher la viande, code des bonnes manières de présentation à la sortie du bois, Lord Jim, je suppose ?

Susan ?

Ton sourire m'attire
comme m'attire une fleur

Ohé ohé
photo

Tu es le champignon brun de la forêt

Et ça ?
jardiniers endiablés, jardins pacifiques

Photo, tu es la fumée de l'ardeur, etc.

C'est beau.

La Bible, on a beau dire, c'est beau, surtout dans l'original, il paraît, il y a du souffle partout.

Des spécialistes le disent.

Arrête de lire tout le temps, dit-elle
tu reveux de la glace ?

Citron

On recommence ?
allez hue.

Elle me pose son sexe sur la bouche en se soulevant, comme un pont tournant, avec le grincement des chaînes en moins, un corps sur vérin hydraulique, elle est jolie.

On dirait une danseuse.

Susan ?

Pas de réponse, il est quelle heure ? le soleil a changé, Susan ? Susan ? jusqu'à ce que je découvre le Je reviendrai promis, écrit au rouge à lèvres sur le classique miroir.

Télégraphie-pression.

Coup de chance, il faut que j'y aille aussi, pas de larmes, mon frère m'a dit, Ne t'accroche pas, commandement Deux, corollaire du Un, prends toujours des décisions transparentes, j'applique le programme, dehors, air brûlant, parking-ciel, matin.

Adios.

On s'achète tout comme pour une fugue, ligne par ligne, dans le magasin d'hiver, le drugstore de légende, grange repeinte, comptoirs de chêne noir, tiroirs à clous, hache suspendue, corde spécial lynchage, cloche à fromage.

On paiera en peaux de castor.

Pour une de plus tu me mets le sac de farine et les deux couvertures, je dis le plus laconiquement possible, ça marche, l'homme obtempère, on peut se débrouiller sans parler ou presque, ça m'ouvre des horizons.

Monsieur s'intéresse ?

Derrière une vitrine, un vrai bébé de concours sur son coussin rouge, voici, cher Monsieur, le célèbre Desert Eagle, qui, contrairement à l'immense majorité des pistolets semi-automatiques, dont le mécanisme est opéré par le recul, est actionné par les gaz émis par la combustion, lors du tir.

Excitant, non ?

Mais les concepteurs du Desert Eagle ne se sont pas arrêtés là puisqu'ils ont développé une version chambrée pour une munition spécifique, d'un calibre inhabituel pour une arme de poing contemporaine construite en série, la .50 Action Express, si l'on doit absolument stopper net une locomotive, mais pas facile de planquer l'engin dans une Bible.

Regardant le livre que j'ai sous le bras.

Tu m'en donnes deux, je lui dis, et la Remington à canon scié en plus, pour l'arrosage du gazon, rires, Allez bye tout le monde, et on attaque, on roule, régulateur de vitesse, une cravate nouée au volant pour le cap, on peut même dormir tellement c'est droit, phares, tunnel, nuit, matin, haricots noirs, bacon, steak épais, pommes sautées, renuit, rouler toute la nuit à fond, Johnny Cash, dormir, rouler, café, recafé.

Vivian
dormir, grosse crêpe au sirop, bière glacée

Gin citron

Winston, Marnie
Frieda

Resaucisses, speed ball, country

Dodo, Maxine
encore ?

Non, je repars, merci pour tout, la deuxième part de tarte que vous m'aviez gardée, SVP, crème ? vous faites jeune pour votre âge, elle parle de moi ? eh oui, réponse entre les dents, un singe en hiver ça mange, adieu, on fonce, on monte vers la neige, enfin seul, la route est un ruban acier qui fend le bloc de neige.

Ma Toyota est fantastique.

Roues mobiles, hauteur du pont, treuil en acier, 235 chevaux, on peut passer presque partout, sauf ici.

Je l'abandonne pour continuer à pied.

La forêt s'épaissit à vue d'œil, la route se simplifie, ça grimpe, les cailloux sont des pierres, il y a des arbres en plein milieu, slalom entre les troncs énormes, séquoia gigantéa, on pourrait faire des tunnels dans les arbres, ça devient sportif.

Vingt mille tours montagne.

La forêt s'épaissit à vue d'œil, c'est paradoxal, en altitude, l'air se raréfiant, les arbres doivent moins pousser, on s'attend à des clairières en haut, pas du tout, ça se resserre, faut passer le col, on se rétrécit pour se glisser, on passe dans le noir.

Il y a un moment tout noir.

Il y a des endroits comme ça où on se demande bien pourquoi tout semble suspendu, on entre dans une partie sombre du conte, le déjà-vu sombre, pas d'air, troncs serrés, spirales d'oiseaux noirs par la lucarne très haut, fragment de ciel blanc.
C'est là que je suis tombé sur le nid.

On a entrelacé des branches pour installer un nid, assez grand pour y lover un homme, des branches de noisetier flexibles ou de châtaignier, un nid en haut d'un très grand arbre.

Un nid ?

Même technique que pour fabriquer les petites palissades qui séparaient les légumes ou les fleurs au Moyen Âge.

Qui a bien pu avoir une idée pareille ?

Au beau milieu d'une forêt, on tombe dessus par hasard, pas d'accès prévu, c'est curieux, aucun balisage, aucune trace rouge sur les troncs pour répéter Suivez le guide, rien, aucun signe.

C'est bizarre.

Igloo vert pour dormeur égaré ? refuge pour martien écologiste ? capsule Tarzan ? classe verte pour Laïka, la chienne envoyée au ciel ? singe en orbite ?

On reste là bouche bée.

Comme une corbeille suspendue face au ciel, on doit être bien dedans, oh, les plumes poussent à vue d'œil, un berceau sur échasses, un œuf énorme se fendille, un bébé à plumes ? un frère de lait ?

On volera ensemble.

Qui a bien pu imaginer et construire une chose pareille ? un monument à rien, au milieu de rien, une piste d'envol ? une base pour oiseaux espions ? la cabane aérienne d'un philosophe déprimé ?

Un lieu de culte inconnu ?

Ou c'est peut-être quelqu'un qui trouve normal de faire un nid toutes les trente-six heures, qui trouve ça soudain obligatoire, serial nidificateur, je ne peux pas m'en empêcher, je dois le faire, c'est maintenant, c'est là, les yeux fixes, corps tremblant, on l'imagine, tendant les bras vers un mélèze à triple branche, idéale pour y accrocher sa passion.

C'est ici ou rien.

Ou alors, c'est quelqu'un qui ne l'a fait qu'une seule fois, par hasard, tiens, si on s'arrêtait là ? on n'a qu'à se faire un nid, l'idée soudaine, un nid ?

Bien sûr.

Et voilà le gars qui taille de longues baguettes de bouleau, comme s'il avait fait ça toute sa vie, expliquant le plan de montage à qui veut l'entendre, comme dans cette émission où l'on voit un type, aidé de ses voisins, construire sa maison en un jour, en chantant.

Neige !

Je gardais au fond de mon sac une paire de grosses chaussures montantes Insulated, heureusement.

Insulated ?

Drôle de nom pour une marque, on dirait plutôt une promesse, semelle moulée d'un bloc ? insolé ? insuline ? insulaire ? intérieur isolé ? est-ce que ça veut dire je suis blindé ? plus rien ne m'arrivera, on va descendre, on voit le chalet tout en bas, point noir sur vallée blanche, cap sur cible, je suis bien équipé, skis courts et ultralarges, anorak désamianté, mains d'acier et gants de velours, chaussons de cire dans chaussures coquées, boîte de conserve autochauffante, on glisse, oxygène en moins, images en plus, animaux dans l'air, éléphants d'Hannibal, idées transparentes, on passe et c'est d'un coup, hop, on saute, blanc total, on s'appuie, direction vallée, on descend.

L'air-l'air est blanc.

Tremplin, tremplin, tremplin, le corps replié dans la trace, et hop, skis lourds dans l'air, hop, on saute, on glisse sur la masse d'air pur, on tient, ça résiste, oiseau fuselage, suspendu direction vallée.

On a le temps.

On rejoint la chaleur, sources dégelées, premières fleurs, plein soleil, ohé, aïe, etc., dans le vent à fond, you-you-you, la vague de cris qui accompagne le descendeur, à fond, oiseau à genoux on a des pensées embarquées dans l'intervalle, et là, il suffit de pas grand-chose dans la vie, quelqu'un saute en parachute et ne dit plus un mot, un accident secret en l'air ? les neurologues planchent, personne ne sait, le type est peut-être passé dans un trou du temps, c'est de la science-fiction, mon cher, répond le mandarin à nœud papillon, un trou du temps, ah ah, la mémoire de l'eau, les trous du temps, quelle rigolade, etc.

Oxygène blanc

Je vole
air

Pensées hachées
239 m/s

On dure en l'air.

Il y a un blanc, on voit en bas ralenti, vallée, brume, de là, on voit encore mieux le chalet, tout en bas, centaines de petites fenêtres allumées, c'est déjà la nuit dans la vallée, petits crépitements des volets, c'est la nuit au fur et à mesure qu'on descend, le son monte.

Nuit.

On ferme les milliers de volets, c'est le soir, tacca-tac, bonne nuit les enfants, comme les moulins à prières, odeur de bois sous la neige, on approche, on imagine, on arrive au ralenti, on se représente, porridge dans soucoupes bleues, paradis III, lit en forme de tombe, dîner avec chevalier ex-croisé, ah, je n'ai pas enlevé mon armure depuis 1124, couettes de plumes.

Atterrissage.

C'est pour l'annonce ? entrez, ah, c'est vous, le ? il hésite, on n'a pas de nom encore pour une fonction pareille, ne restez pas planté là, vous avez vu ce froid ? mais entrez.

On chauffe à fond.

Ça va refroidir tout, cette porte ouverte, il gémit en parlant très vite, avalant les mots, Ah, la météo est bloquée, il est gigantesque, surtout de dos, ses cheveux poudrés sont serrés par un nœud de satin noir, col gigantesque, redingote étroite, fuseau de ski smoking, chaussures d'alpiniste rouge vif, lunettes noires.

Vous n'êtes pas livreur de fuel ?

On n'a presque plus de réserves, on tire, on tire sur la chaudière, et chaque année c'est pareil, dire qu'il y a des gens prêts à baisser leur consommation juste au moment où il fait le plus froid, c'est idiot, enfin, nous, on en redemande, et on ne nous livre pas, vous seriez livreur de fuel, je vous embrasserais.

Allez, entrez.

Bienvenue, je m'appelle Goethe, comme l'usine de saucisses, Donaueschingen, vous connaissez ? ce n'est pas ma famille, dommage, on n'en serait pas là à regarder des factures de fuel à la loupe.

Comment ?

Si le roi est là ? c'est ça que vous avez marmonné ? faut articuler un peu, oui, le Roi ? vous avez vu le drapeau en haut ? c'est pour dire quoi à votre avis ? le drapeau, là, station-service ouverte, le déjeuner est servi, baignade interdite ? vous êtes demeuré ou quoi, bien sûr qu'il est là, quand il y a drapeau, il y a Roi, c'est élémentaire, allez, entrez, levant les yeux au ciel, bras en l'air, quoi encore ? voir le Roi ? c'est hors de question, Voir le Roi, non mais je rêve, c'est d'abord avec Moi, désolé, eh oui, l'entretien préalable, entrez, toute cette neige.

On dirait un eskimo.

Le Roi ne rencontre les gens, poursuit-il comme si on passait d'un coup dans son cerveau, que lorsque nous sommes sûrs, et très souvent, vous savez, il y a veto au finish, en dix secondes niet, on passe un temps fou à recevoir des candidats, batterie de tests, etc., il poursuit, comme ça, me regardant sans me voir.

Je suis muet.

Le Roi est sportif et très déprimé, c'est un paradoxe dans une société moderne, les sportifs déprimés, c'est très rare, ou alors c'est l'inverse, Maradona ? il y a qui ? ah si, la fille qui courait, là, elle a un nom d'écrivain, si ? j'ai un problème avec les noms, c'est embêtant, j'ai une fonction où je suis censé présenter sans arrêt des gens à des gens, des choses à des gens, des choses à des choses, alors si j'oublie les noms.

Il neige.

Je dois avoir le trac.

Je suis muet et immobile, statue sur le seuil, entrée ultra-brillante de neige en tourbillons dans grand hall de bois, la neige d'abord en éclaireur, d'un souffle, fausse neige par une porte de théâtre, je suis la neige, j'ai des idées en forme de neige, tourbillons-tourbillons, je m'infiltre dans le décor en spirale.

C'est pratique.

On voit tout à l'avance, immenses paires de skis accrochées, en ligne, luges géantes suspendues, blasons gigantesques, grandes photographies de glaciers noir et blanc avec des croix rouges et des zones pointillées, accidents ? tombes ? cibles pour hélicoptère, de grandes lettres rouges sur la neige blanche, comme si on avait imprimé des mots sur une montagne.

Un cri.

Fermez la porte, entrez ou sortez, mais qu'est-ce que vous foutez ? hurlements, mais fermez cette porte, nom d'un chien, une voix étouffée, escalier hanté, cri dans un tunnel, Fermez cette porte, nom de Dieu, cri d'égorgé.

Des oubliettes ?

Qui peut bien utiliser des skis de cette taille ? qui a mangé dans mon bol ? on a perdu la trace de quelqu'un, une forêt se referme sur un fugitif, un agresseur géant trouve un anneau sous une pierre, etc., tourbillons-tourbillons, gant virtuel, paillette de glace, lustre glacé, je me diffracte dans les détails.

Vous m'écoutez ?

Entrez, maintenant, ça fait une heure qu'on est là dans le froid, attention, enlevez vos chaussures, fermez la porte, allez, enlevez-moi ce manteau, on dirait un bonhomme de neige, mettez-moi les patins, là, suivez-moi, je glisse.

Comme sur un lac de cire

Ombre
encens
On se croirait dans un temple

Glissade feutrée
hello.

Des gens de loin s'affairent autour de tables étroites et longues, du fart vert pomme coule lentement de creusets de terre, pinceaux de cire, vernis, feuilles d'or, skis de bois fabriqués dans un seul arbre, lamelle souple tranchée à vif dans un frêne.

Il faut trouver le bon frêne, c'est juste ça.

Ça demande une traçabilité impeccable, sinon ils vous donnent du pin dégueulasse, c'est pour cela que je prends des artistes, pour qu'en face les marchands de soupe comprennent qu'ils n'ont pas affaire à des rigolos, respect, t'as Picasso à l'imprimerie, ça calme.

Continuez comme ça, les gars, dit Goethe, en passant.

Trois types, pull rouge de moniteur, barbe blonde, peignent tendrement des skis couleur acier, je m'incruste dans la scène, je rentre dans le bois.

Je flotte dans l'odeur du fart.

Un atelier dans un salon, bonne idée, je me dédouble pour mieux pénétrer la scène, je me dessine dans le vase chinois, je rentre dans les tapisseries, tic-tic-tic, mille fleurs, licorne au détour du bois, salut les sangliers de laine.

Bonjour les hérissons velours.

Ça fait une heure que je vous répète d'enlever votre chapeau, c'est bizarre un chapeau comme ça, pourquoi pas des plumes ? attention, ici pas d'handicapés, on déteste les handicapés, vous faites du ski ? c'est la base, le ski, ici on a le culte de l'effort, on pense que la montagne est le lieu du dépassement.

Désolé.

Je finis moi aussi par parler en slogans, j'ai tellement de problèmes que j'ai tendance à simplifier les réponses, Monsieur Goethe par-ci, Monsieur Goethe par-là, Avez-vous une copie du Nouveau Protocole de Table ? trois ans de négociations sur le Grand Coucher, qui tient le bougeoir ces jours-ci ? etc., actuellement, j'essaye de réformer tout le système des Petites et Grandes Entrées, Qui a le droit de parler au Roi et quand, etc., ce sont des luttes pour les avantages acquis, pur corporatisme, vous remarquerez que plus le corps est illustre moins on lui reproche son esprit, les gars d'X-Mines, les anciens de Trinity, quelle entraide chevaleresque, on ne dit pas la même chose du cheminot de base, on va changer ça, je suis post-démocrate moi.

Bref des luttes.

Le Roi promet un tas de choses, des survivances, en échange de quoi d'ailleurs, on se le demande, même pas pour la baise, désolé d'être direct, mais on est adultes, bon, il promet à tout le monde de garder ses privilèges, les gens se battent pour des détails, vous n'imaginez pas, la hauteur d'un fauteuil de bureau, trois centimètres, imaginez-vous, trois centimètres, une affaire d'État, la soi-disant cabale de pauvres secrétaires névrosées, je vais foutre un coup de torchon là-dedans, regardez, aujourd'hui les prisons sont privées, je veux dire, pas seulement la cantine, mais les punitions, tout, les tortures, c'est sous-traité, on doit tout rendre compétitif, même à l'intérieur d'une famille, on arrête les privilèges exorbitants de certains, c'est ça le devoir moderne, CQFD, je dis au Roi.

Allons voir notre Dauphin.

C'est l'heure du petit-déjeuner, me tirant fermement par le bras dans un long corridor peint en rouge brillant, je suis pour l'adaptation dirigée, comme on dit aujourd'hui, mais en douceur, je suis contre cette méthode, et je suis bien le seul de toute la cour, regardez le système, il ouvre la dernière porte et me pousse dans une grande pièce toute blanche, on nettoie au jet, automatique dès qu'il vomit, chuchote-t-il, il est trop gros, il fallait agir, d'accord, mais là ça va trop loin, et il s'en rend très bien compte, même s'il n'a jamais connu autre chose, le pauvre petit.

Monseigneur ?

Un enfant obèse engoncé dans une robe de chambre à fleurs de lys, assis à une très grande table en carrelage blanc vissée au sol, murs et plafond du même matériau, des petits robinets crachent de l'eau en permanence, perruque très haute, à tête d'âne, yeux noirs fixes.

Pas de réponse.

Le précédent Dauphin est mort d'anorexie, celui-là, c'est le contraire, obèse à la naissance, et il y en a encore deux autres avant, morts d'indigestion, à force, les gens sont échaudés sur tous les trucs d'alimentation, on les comprend, bon, ils ont décidé de médicaliser les petits-déjeuners, jusque-là je suis d'accord, on aurait pu balancer du muesli à la sonde à l'anorexique, on l'aurait sauvé, c'était le meilleur Dauphin possible, à part sa maladie, d'ailleurs on dit que c'est relationnel, l'anorexie, ce n'est pas inné, on le sait maintenant, c'est culturel, c'est les parents, un point c'est tout, ce n'est pas de sa faute, ils me l'ont tué, voilà.

On dirait qu'il pleure.

Aïe, aïe, mon Dauphin, on dirait qu'il chante, il parle très vite, avec un accent germanique, on dirait un récitatif d'opéra, un opéra très triste, on sent qu'il pourrait se mettre à chanter d'une minute à l'autre, bizarre cette diction.

Vocalises
mu-mu-mu-es-li

Et ça repart
tristesse-gesang

On dirait qu'il parle en verticale

L'anorexie
gnagna

Mu-uu.

Le premier Dauphin, le Grand, c'est terrible, aucun problème de nourriture, reprend-il à une cadence normale, bon appétit, libido du tonnerre, excellent skieur, Harvard Business School, la tête sur les épaules, l'espoir de la famille, il s'est pendu par amour, Ach, Schweinerei, perte d'un animal transitionnel suradoré, une tortue s'étouffe dans l'aquarium, et là, crise, il faut dire que c'était la tortue de Darwin qu'on a eue par donation, il a décompensé, le pauvre trésor, c'est décevant, accroché à son balcon à une cravate, en plein hiver, tout ça alors qu'il était appelé à régner.

Vous imaginez la tortue ?

Deux cent douze ans, elle est née sur le bateau de retour, le Beagle, c'est pour ça qu'on l'appelle Beagle, d'ailleurs, c'est aussi le nom d'une race de chiens qui chasse les ratons-laveurs, bref, elle a des informations énormes, vous vous souvenez qu'un moment on pensait qu'une victime photographiait littéralement son meurtrier, que la rétine imprimait sur la gélatine du fond de son œil la tête du gars au couteau.

Imaginez le cerveau de la tortue.

On passe de la redingote tachée de Charles au smoking de X, du débardeur de Y au K-way de Z, du goretex de Z' à votre costume démodé, et je ne vous dis pas les décors, bref, dans son disque dur, il y a toutes les images, datées, dormantes, instructives, une histoire du costume de ses maîtres, chaque sensation d'étoffe, des millions de câlins.

La vista, la tortue.

C'est ça qui nous manque pour bien gouverner, avoir une vue inactuelle, bon, revenons à nos moutons, donc le

Dauphin, le nouveau, on essaie de le dégoûter, on lui passe des films avec des gens qui vomissent, il est attaché, on lui tient les yeux ouverts avec des pinces, c'est une question de vie ou de mort, soi-disant, il fallait y penser, qui a décidé une chose pareille, un conseiller médical, l'artiste associé ? c'est une idée d'artiste, ça, un truc sadique, chaque année on en prend un, avant il y avait un nain, poursuit-il d'un ton véhément.

Nous sommes une des dernières cours à avoir eu un nain.

Il avait un petit uniforme avec des clochettes, c'était formidable, maintenant on a des artistes en résidence, qui se mêlent de tout, on devrait refaire ci ou ça, changez-moi cette déco, sans arrêt, pour montrer qu'on a des idées, le gars arrive, Sire, il manque des miniatures flamandes sur ce mur, ou un bouquet de pivoines, et si on foutait cette commode à la cave ? dès le premier jour, pitié, donc vous vous la bouclez, compris ?

Ah.

Je suis un peu fatigué, je commence toujours à fond, et puis j'ai une baisse de régime, je suis peut-être malade, comme une hypoglycémie, en très très fort.

Venez, je vais vous montrer votre chambre.

Prenez ce couloir.

On a un problème, regardez, le chalet tombe en ruine, bon, vous allez me dire, il suffit de réparer, on fait venir des gars du coin, et on remet tout à neuf, mais ça ne marche pas, placo, velux, fausses tomettes, vous transformez un lieu historique en gîte rural, bon, il faut bien regarder les plans, je prends ça très à cœur, au fond mon idée, c'est qu'on ne va pas s'en sortir seulement par un bon nettoyage de printemps, comme font les gens d'habitude.

Faut surveiller.

Demain on fait une réunion, et là on va voir si on peut travailler ensemble, c'est le test, comprendre les enjeux du brief et répondre avec élégance et sérieux, bon, si vous avez des idées ne vous gênez pas, mais ne donnez pas tout dès le début, il faut en garder sous le capot.

C'est une course de fond.

En plus, ce qu'on vous demande, c'est inédit, un pentathlon, image plus formes plus résultat plus progrès, il ne s'agit pas de reconstruire, il s'agit de donner du sens, c'est fini l'architecture qui construit à l'aveugle, il faut redonner du sens, j'ai besoin de vous, il paraît que vous êtes hors pair.

On va voir ça sur pièces.

Le chalet, comme je viens de vous le dire, c'est une ruine, mais le plus compliqué, ajoute-il à voix basse et en se penchant vers moi, le plus compliqué c'est que c'était voulu au départ, absolument, levant les yeux au ciel, une fausse ruine, il fallait y penser, anglo-chinois, bavaro-basco-béarnais, c'est un genre, un château miniature, haras hanté, chalet gothique, avec fausses patines, clochetons effondrés, église bombardée, et quelques dizaines d'années après, ça devient vraiment une ruine, pas une fausse, une vraie, alors ça commence, comment rénove-t-on une vraie-fausse ruine ? en vieillissant la rénovation ? en rénovant le vieillissement ? ça me rend malade, je ne me sens pas bien, j'ai un problème de globules blancs, mais ils ne comprennent pas que je suis débordé, et puis, vous allez voir demain, ils sont incompétents, l'exil, ça ne rend pas dynamique, l'image baisse, un de ces jours on va se faire recouper la tête.

Prenez l'ascenseur noir.

Ça grimpe tellement vite qu'on se sent immobile, les falaises enneigées défilent au ralenti, je suis dans la neige encore, mon cœur est dans la neige.

Ça grimpe.

J'ai peur que vous vous ennuyiez ici, hors saison, c'est un peu dur, la famille attire peu de monde, la cuisine est moins bien, les gens ne jouent plus à rien, par ici, venez, par là, un ascenseur de verre, comme ça on voit la vue, ça grimpe, c'est beau, il fait un froid de canard, je reste en combinaison à l'intérieur, et du même coup on n'ose plus sortir, faudrait avoir des scaphandres en plume, on ne sait plus comment s'habiller, c'est désespérant, c'est un vrai problème, les vêtements, je suis très angoissé par des problèmes de vêtements, les uniformes, les décorations, quelles décorations ? je leur dis, créez un ordre, les gens adorent ça, Premier Flocon, Étoile d'argent, Chamois d'or, allez-y, Grand Cordon du Royal Téléphérique, imprimez des blasons partout, on est à la montagne, faut contexter, c'est ça que je disais encore hier au Roi, on a choisi une station de ski pour s'exiler, donc on a choisi une station de ski pour s'exiler, il faut exagérer ses défauts, comme disait le philosophe, là, celui qui passait aussi son temps à la montagne, si, avec une grosse moustache, zut.

Blanc.

On ne donnera pas de bons conseils, poursuit le chambellan-commercial, comme pour lui tout seul, les falaises enneigées défilant derrière lui, les yeux vides, comme s'il récitait une leçon, si on n'est pas appuyé sur du solide, un peu d'anthropologie, toujours surprise, amener dans la note, le point de vue radical, toujours relier une décision à un mythe, si on veut rester royal, je disais au Roi, se faire présenter en ligne toutes les jambes cassées du jour, sur des luges de secouriste, et rappeler en passant la tradition des écrouelles, nous devons faire le chaman, la danse de l'ours, n'importe quoi mais nous devons faire quelque chose, il reste au lit toute la journée, dansez, bouffez, faites des discours, dansez, ça c'est bon, il a de la présence, le Roi, quand il veut, mais très mal entouré, les gens se détestent, comme dans un bureau, il faudrait un médiateur en permanence, c'est ma croix, il me faut du personnel, là j'ai dit au Roi, pour vous, il me faut une ligne de crédit en plus, j'ai prétexté la mort du professeur de ski, Majesté, nous devons faire du ski, 1, le Dauphin est trop gros, etc., 2, nous devons avoir une piste privée, sportive et éducative pour montrer l'exemple, 3, nous devons faire comme tout le monde, ça c'est une note, trois points, toujours trois points, et 3 bis, rénovez-moi ce putain de chalet, vous êtes en piste, en attendant, sortez de l'ascenseur, on est arrivés, c'est par là.

Petit escalier, en spirale.

Une série de photographies de chasse à l'ours blanc, ce petit point c'est moi, dit-il, en se dandinant, là, Moi sur la banquise à la débâcle, c'est un peu comme une île qui diminue tous les jours, vous arrivez sur un mouchoir, il faut calculer son coup, c'est après ça qu'ils m'ont engagé, et puis c'est vrai que j'étais déjà dans le conseil, j'avais donné un coup de pouce à diverses acquisitions de la branche aînée, diversification du capital, ils voulaient se lancer dans le luxe, ça paraît logique, un parfum qui s'appelle Fleur de Lys.

Psssht.

Je pense, Sire, je lui ai dit, direct, poursuit-il, moi, je suis direct avec le Roi, Sire, je dis, il faut prendre le contre-pied de l'idée reçue que les rois font automatiquement du luxe, c'est trop facile, on est prévisibles, si on veut rester dans la course, il faut créer la surprise, c'est un truisme, Majesté, changeons nos fusils d'épaule, faisons dans le dégueulasse, imaginez la tête du Roi, vous savez je ne me fais pas impressionner, j'ai préparé des tableaux avec des graphiques, je vous montrerai, il faut mettre des citations, des graphes, des petites animations, des petits films avec des voix de comédiens enregistrées, avec des trucs positifs scandés en musique, moralité, c'est clair, net et précis, on va créer une société, je lui lance, bon, il faut vous dire que Sa Majesté est poète, alors l'argent le dégoûte, un Roi poète et un commercial légitimiste, ça fait des étincelles.

Ouvrez.

C'est votre clé, c'est votre chambre, spartiate, mais bon, ils sont bien ces petits bancs, la lumière de la veilleuse ne s'éteint pas, sécurité, sécurité, asseyez-vous, on parle cinq minutes, c'est mieux que vous soyez au courant des tenants et aboutissants, et puis les gens sont tellement méchants.

Je lutte.

Mais ma motion de changement de statut est acceptée, on fait une société, voilà, on met la boîte en gérance, à la limite on franchise, je ne suis pas contre, on fait juste un contrôle qualité de temps en temps, noblesse oblige on conditionne les gars, et puis on prend le cash, tout ça c'est annexe, le principal c'est de reprendre le pouvoir, on arrête avec le national, on est prétendant au trône, on assume, c'est notre programme, et là, premier geste, nous ne profitons plus de l'argent public, fertig, on coupe, encore que le Comte de Paris recevait de De Gaulle une subvention pour publier son bulletin, pour finir d'ailleurs, je vous le rappelle, escroqué par sa femme de ménage, eh oui, le diadème de la Princesse Mathilde a payé le camping-car, fin du programme royal, les Rois ont toujours adoré les mésalliances secrètes, morganatiques, bref, l'idée de pute à la maison, domestique, pas sauvage, en petits chaussons et nuisette tergal, la Maintenon en gaine noire, piercing grand format sur lèvres rasées, à table.

Je m'énerve, excusez-moi.

Il faut passer à la mondialisation, on le comprend pour le textile ou les élevages de poulets, mais pour nous non, on risque de prendre du retard, il faut couper les ponts avec toute idée de local, il faut du jet-set exportable, sous une bulle, une station de ski sous une bulle, en plein désert, la météo c'est nous.

La nuit tombe.

Regardez Monaco, poursuit-il, Monaco, vous vous souvenez, jusqu'au raz de marée, ça a marché du tonnerre, bon, Monaco, maintenant, c'est oublié, c'est dessous, c'est Pompéi, ils ont retrouvé la famille en train de déjeuner impeccablement moulée dans la boue, vous me direz, pour les historiens, c'est appréciable, rien n'est jamais perdu pour tout le monde, moi je dis.

Ah ce raz de marée, quelle horreur.

Mais ils avaient la vista, une longueur d'avance, on fait de la marge sur tout, on déconventionne, SOS Royauté, une Princesse à dîner ? un petit tour en carrosse ? je fais le devis, on facture tout, le moindre regard de la Dauphine, c'est tant, une saillie du Dauphin, on facture, avant, être royal, c'était jeter l'argent par la fenêtre, maintenant c'est l'inverse, on est bien à la montagne, mais ça ne suffit plus de faire des descentes au flambeau, des raclettes géantes, on a des responsabilités, on a voulu être aux sports d'hiver, on est aux sports d'hiver, voilà, c'est comme l'Aga Khan, à Fontainebleau, alors ça l'Aga Khan, ça l'a soufflé, le Roi, on a beau être en exil, je lui dis, si on veut revenir il nous faut une ambition supérieure, une vision, les deux corps du Roi, comme vous, je lui dis, alors le Roi ? sauf votre respect, deux corps ?

Vous en avez deux ?

Il y a l'affaire Samsung, le président qui loue des pistes de ski pour lui tout seul, là il faut réfléchir, c'est une idée inquiétante, le gars, au lieu de se faire construire une descente chez lui ou d'acheter une montagne, préfère aller dans une station ordinaire, se louer une piste, et se la descendre en boucle avec ses cinquante conseillers, gardes du corps, amis rapprochés, maîtresses en titre, enfants de divers lits, infirmières, au vu et au su de tout le monde, c'est merveilleux, chers amis, c'est retrouver l'époque bénie où les châteaux étaient ouverts comme des moulins, ah, on pouvait voir le Roi en train de besogner une série de femelles dans son lit à baldaquin à ciel ouvert, nom de Dieu, il faut que le vol soit visible, il faut qu'on prenne quelque chose aux autres et qu'ils le voient, une privatisation publique, comme quand on coupait la tête en place de Grève, il faut prendre les affaires des autres, une piste de jogging au bord des 24 heures du Mans, un couloir de nage dans chaque piscine municipale, un couloir de bus réservé aux VTT du Dauphin.

J'ai besoin de vous.

Un conseiller qui demande des conseils, vous me direz, c'est contre nature, vous comprendrez mieux le jour où vous chercherez un avis vous-même, c'est à l'infini, vas-y le téléphone arabe avant d'appuyer sur le bouton qui déclenche la bombe.

Bref.

Votre chambre, c'est aussi votre bureau, la table, là, est très pratique, on ne peut pas la déplacer, c'est une adaptation d'une cellule de moine, revisitée par un designer spécialiste de prisons, écoles, centres de rétention, des gens pragmatiques, cette maquette, là, c'est le massif montagneux, on va travailler là-dessus pour créer la piste privée, c'est passionnant, il nous faut une vraie idée, pas le coup des portes en tissu orange, ou un slalom buvette, à chaque virage, un coup de gnôle.

Un vrai espace de jeu imaginaire.

Je savais que vous aviez du goût pour ça, il s'avance de plus en plus près, je sens les pointes en métal de sa combinaison rentrer dans ma poitrine.

Il m'attrape par la nuque
Plonge une langue épaisse
dans ma bouche

Noir.

Debout là-dedans, écroulement automatique du lit pliant, ah, Petit Lever, ne jamais manquer le Petit Lever, dans cinq minutes montre en main, tout le monde en bas, j'entends des hurlements comme s'il y avait des haut-parleurs cachés dans les boiseries, j'enfile la combinaison dorée préparée sur le serviteur muet en bois blanc, perruque en lin à boucles, nœud noir de répétiteur victorien, descente express, etc., je sais faire ça, les bras le long du corps, hop-hop.

Petit Lever du Roi.

On court on court, par les Arrières, par un réseau de couloirs dissimulés dans les murs, une troupe de serviteurs nains, système de portes, contre-portes, dérobées, dépliantes, portes dans portes, papillons de bois dans tous les sens, c'est incroyable.

Ça donne des ailes.

Couloir souterrain, bruits de loin, harnachements, cuir, métal, etc., quelqu'un selle un cheval ferré dans une crypte en marbre, petite troupe à la cavale dans les couloirs, avec l'obligatoire lanterne sourde, vacillante en éclaireur, hop-hop, on court, on court, on glisse dans le corridor étroit, Goethe en avant, et il me parle, tourne la tête en courant, la tête dans l'autre sens, déformée par la vitesse.

On dirait des catacombes.

Manque les crânes en puzzle, je suis intact, je cours en zigzag, à contresens ? aiguille dans le noir du corps de la maison, épingle dans le cœur.

J'ai mes entrées dans tout.

Il suffit de faire glisser son âme comme un lasso, et ça marche, suivez le guide, c'est pratique, tourbillons, hop, par là, on se glisse dans un stéréotype de verre, le grain noir et blanc se tord, comme un film qui se plisse, se réinjecte.

Faut se glisser.

On rentre, on se propulse, allez-y mon vieux, du nerf, on doit savoir se présenter, c'est la base, entrez.

Salle du trône ?

Énorme lit à baldaquin, on s'approche, tapis immense, mille fleurs.

C’est pour jouer par terre.

C’est le nombre des fenêtres minuscules qui donne cette impression spéciale, sous-marin, dirigeable dans l’air, ou peut-être la hauteur du plafond, c’est vraiment grand.

Calme.

Un groupe de gens immobiles est massé tout au fond, on avance, les gens se tournent légèrement pour vous regarder de biais, tous assez maquillés, peau blanche, certains en tenue de ski ultramoderne, d’autres en costumes tressés de fils d’argent.

Avancez.

Monsieur, frère du Roi, et là les quatre Marquises, un peu attardées, elles aident énormément, me dit Goethe me tenant le bras fermement comme pour déplacer un pion dans l’espace, voilà le médecin-chef, Monsieur le Prince, charmant, le Duc n° 1, ici, il y en a trois, on se demande à quoi ça sert, le n° 1 a une maladie, il dit toujours non.

Tenez on va voir

Ah, mon cher Duc
quel temps merveilleux ?

Non
ce n’est pas ça

Il fait une température agréable.

Ça marche à tous les coups, voilà, sinon, aucune femme, aucune femme n'a voulu les suivre en exil, sauf au niveau médical, il y a des femmes, c'est un chalet avec très peu de femmes, je veux dire peu de femmes hors groupe sanguin commun, vous savez, c'est bizarre, au bout d'un moment, comment vous dire, bref, ça travaille un peu tout le monde, moi le premier, je confesse, sur les gros poufs, nous avons quand même les deux Dauphines, jumelles, intouchables, elles font des boums sur Bach, très gros retard en musique ici, une des deux est muette, mais on ne sait pas si elle est sourde, elle a quelque chose de différent, du ? du recueillement ? de la grâce ? c'est la fille du facteur, dit son père.

Grognements sourds du fond du lit.

Notre Père, pardon, Son Père, bien sûr, c'est le Roi, mais Majesté, Sire, pardon, je disais ça comme ça, désolé, je n'ai pas dit Il en parlant de vous, jamais, je dis votre Je, puisque je dis Nous, le Nous de Majesté, qui est votre Je possible, ma voix est la Vôtre, comme un avocat couvre la voix du criminel, en disant Nous plaidons coupables, ce n'est pas ça, je me mélange, c'est le contraire de ce que je veux dire, c'est trop compliqué, désolé.

Bref, Sire, je vous présente le nouveau.

Approchez-vous un peu plus, le Roi est malade, on va faire le brainstorming dans la ruelle, la ruelle ? entre le lit et le mur, ça fait une petite galerie, on peut mettre des strapontins, ou un petit gradin, pour assister aux nuits de noce, c'est pas mal, hein, et il hésite à privatiser, je rêve, on y va ?

Sire ?

Il est malade aujourd'hui, il ne parle plus, il ne dit rien, vous me direz, englouti sous dix mètres de neige, ça éloigne, Sire ? regardez, pas de réponse, on fait des tests.

Pas de réponse.

Les meubles énormes tiennent peu de place, je remarque, Quel drôle d'endroit pour un château, comment une bibliothèque démesurée ressemble à une miniature, ça, c'est extraordinaire, chacun monologue, il y a un malaise, drôle d'espace pour un palais, le contraire d'un donjon classique, où tout le monde se serre, autour de l'estrade qui surélève le lit principal d'un océan de paille, servantes, chevaliers de passage, cochons, enfants, poules, tout le monde ensemble, ici c'est l'inverse, les gens sont loin, on regarde par les fenêtres, il y a des montagnes enneigées dans le soleil, chaque détail brille comme dans une toile peinte, tout dure, pris dans une matinée éternelle.

Ça brille.

Des fauteuils pivotants sont fixés au sol, des boutons dans les accoudoirs commandent l'ouverture de plusieurs écrans accrochés au mur comme des tableaux, où l'on peut faire défiler des graphiques, projeter des films ou écrire à distance, salle de commande d'un ?

Sire ?

Je voudrais me permettre de présenter à Votre Majesté la nouvelle personne que voilà.

Celle qui vient pour ce que vous savez.

Avalanche

Je crois que j'ai dû prendre froid, dit le Roi.

Vous m'avez bien retrouvé, bravo les chiens, d'habitude on tient maximum un quart d'heure là-dessous, heureusement que j'avais mon bip.

Sire, vous avez une excellente capacité pulmonaire.

Merci cher Monsieur Bouboule, c'est rassurant, mais je crois que j'ai pris froid quand même, sous cette neige, j'ai l'impression d'avoir dormi des siècles, comme si on avait congelé mon cœur, j'ai de la glace dedans, je n'arrive pas à me réchauffer.

Un bain de pieds bien chaud ?

De toute façon, dit Monsieur Bouboule, si ça continue encore deux jours, Sire, on vous descend au bloc.

Silence de mort.

Bon, on en était où ? coupe le Roi brusquement, je vais me mettre sur ce divan avec un bon plaid, ça ira bien comme ça, donnez-moi du vin chaud, apportez-moi un bout de confit sans haricots, avec des röstis, juste un petit bout, tiède, on en était où ? avec tout ça, je ne sais plus.

On parlait d'ours, dit la Duchesse.

Il y en a qui étaient pour et d'autres contre, dit une petite femme avec un bicorne sur la tête surmonté d'une grosse boule de neige.

Comment ça Contre les ours ? dit le Roi.

Les ours, ils te bouffent tout sur leur passage, dit le Duc, d'un ton sec, faut qu'on se claquemure, tous les gens qui ont des têtes de mouton vont y passer, et il y a énormément de gens qui ont des têtes de mouton.

Les ours, il paraît que c'est tous les sept ans.

N'importe comment, gueule un type chauve et rouge, un abcès bizarre à une joue, surgissant d'un énorme paravent noir, les agressions ont augmenté de 23 % en un an, c'est une moyenne, d'accord, mais la moyenne ça peut arriver à tout le monde, un de ces jours on va avoir des gars qui vont débarquer, et vas-y les pieds dans la cheminée pour avoir le code, au village en bas, il paraît qu'il y a des gitans, heureusement qu'on a le village de vacances des paras à deux bornes, ça calme, d'ailleurs, j'y pense, il ne faut pas avoir de coffre, Majesté, coffre égale torture possible, un chalet, ce n'est pas aussi sécurisable qu'un bunker, ou alors on s'installe vraiment dans un bunker, on pose des cabines en béton inviolables à l'intérieur de chaque pièce, chacun la sienne avec sa réserve de vivres, ça existe, il y a des migrants partout et particulièrement à nos portes, le rasoir entre les dents, la perceuse dans l'autre main, moi je dis Danger, et j'aurai prévenu, voilà, il y a un moment où l'on a juste envie d'ouvrir son parapluie, si on a des emmerdes après, ne venez pas me dire Ah je ne savais pas, il y a des millions de gens qui vont déferler sur nous, vous ne vous rendez pas compte que les choses ont changé radicalement, avouez que c'est de votre faute, ça fait mille ans que vous vous sentez coupable, et que vous baissez la garde, stop, on va faire le virage à droite, maintenant, hein le Duc ? il se met à hurler, Ah, Monsieur le pacifiste ne répond pas, Monsieur est d'extrême gauche, Monsieur est copain avec Sacco et Vanzetti ? et ton pognon planqué, c'est pour les bonnes œuvres ?

Ta gueule.

Tu veux que je t'en colle une, le Duc ?
une vraie

Brisons là, mon vieux
vous me fatiguez avec vos menaces

Ça, c'est un coup-de-poing américain, tu connais ?

Les pointes
poum poum

Arrêtez ça tout de suite.

Stop, crie le Roi, repoussant son assiette, arrêtez de vous bagarrer, ou alors j'organise de vrais tournois, avec de vrais morts, ah, j'en ai trop de ce confit, je suis à 3.8, ce n'est pas ça, Monsieur Bouboule ? 3.8, tout ça combiné aux triglycérides et aux gamma GT, alors là c'est en millions, je vais crever si vous continuez à faire de la cuisine comme ça, la Duchesse a raison, les confits de canard aussi, il faut arrêter ça, j'ai de la graisse jusqu'au cerveau, vous voyez ça, un cerveau royal conservé dans sa graisse, ce serait beau sur les étagères, cours de cuisine gothique, ah, ça me fait trop rire, ça réchauffe de rire.

Les conserves de reliques.

Allô, oui, bonjour, c'est Royale Boucherie, il vous reste des pieds de sainte Cécile ? désolé ce n'est pas le jour des pieds, je fais stériliser mes pots de pâté de bras de Charles X, dit le Prince avec un accent canadien.

J'en avais au congélo.

Pâté de bras ! hurle de rire le Roi, écoutez, vous nous amusez énormément, je me sens mieux d'un coup, ah, ça va, je ne sais pas si je suis cyclothymique, comme le prétend notre Bouboule, en tout cas je reprends du poil de la bête, Ah, Monsieur le Prince, même si vous êtes un bâtard, un post-Valois merdique, une branche pourrie, vous avez de la suite dans les idées, de l'humour, bravo, Nous aimons ça, mon beau cousin, c'est comme les chiens, un bon mélange de setter et de quoi ? de hyène ? de chacal ?

Un chacalbâtard.

Voilà ce que vous êtes, en un seul mot, hein ? écrivez ça, sainte Simone, c'est ma secrétaire, rires, elle note tout, me dit-il se penchant vers moi, ici on note tout, le Mémorial, on prépare le Mémorial, eh le Prince, vous ne connaissez pas la 22 B sur les Juifs.

Ah oui, s'écrie le Prince, elle est bien.

Perdu, dit le Roi, cette blague n'existe pas, j'ai inventé le titre pour voir, vous êtes nul, ah, Monsieur veut être un courtisan historique, je rêve, en plus vous auriez dû dire que vous ne la connaissiez pas, pour que je puisse la raconter.
Juste pour me faire plaisir.

Et si vous la connaissiez vraiment, cette blague, c'est que je radote, puisqu'il n'y a que moi qui fais de bonnes blagues ici, donc c'est moi qui vous l'ai racontée, d'accord ?

Oui.

Donc je radote ? c'est ça ? et imaginez que Moi, je sais que je radote, et que j'aime ça, vous avez intérêt en fait à me dire que vous la connaissez déjà, la blague, que bravo, que encore, ah, Sire, je voudrais tant la réentendre, vous avez raison de nous répéter ça, vous ne radotez pas, puisque

Nous prenons aussi du plaisir, le radoteur c'est quelqu'un qui fait souffrir, ne me dites pas que je vous fais souffrir, avec tout ce que Je fais pour vous, vous êtes des ingrats, on se met en quatre pour reconstruire une étiquette mais allégée, tournée vers la jouissance.

C'est notre volonté.

C'est là où je suis un classique, le Grand Lever Simplifié mais Maintenu, une hiérarchie de plaisirs et de contraintes, les rôles émotionnels sont neufs, imaginez-vous ce corsetage affectif, c'est délicieux, une marge de manœuvre minuscule, on se décarcasse pour rien, toutes ces attentions pour zéro, je n'en peux plus, ça me réchauffe de me mettre en colère, j'aime ça, ça me monte à la tête, j'ai envie de dire tout ce que je pense, le pays, je vais me le mettre à quatre pattes, ça me fait chaud au cœur, vous êtes tous des incapables, tous sans exception, le Prince soi-disant du sang, du sang de quoi ? de bœuf ? Monsieur veut devenir un courtisan historique, Monsieur voudrait signer le Mémorial de l'Exil ? mais je rêve, mais d'où imaginez-vous que vous pouvez devenir un être qui va marquer quoi que ce soit dans l'Histoire ? il y a des écoles pour ça.

Où ça, Majesté ?

On y est déjà, dans l'école, mon cher, tout est simulé, comme dans le cockpit du Boeing, avec des vérins, pour simuler les chocs.

Majesté, vous dites ça pour me faire peur.

Asseyez-vous là.

Il me désigne le coin du canapé, bougez pas, il replie un peu ses jambes sous le plaid, qu'est-ce qu'on disait, tout à l'heure, le mixeur, oui, il fallait déjà s'avaler le suffrage universel, après je ne vois pas pourquoi on s'arrêterait en chemin, vroum-vroum, on passe la lutte des classes au hachoir, allez, je vous trouve très bien, je sens que vous êtes moderne, j'ai besoin de spécialistes mais modernes, le Polonais qui a écrit Les Deux Corps du Roi a passé quinze ans ici, du temps de mon père, il était trop vieux.

Mais il faisait de l'excellent goulasch.

Du temps de mon père, j'avais voulu créer une petite entreprise, mon père n'a jamais accepté, un Roi ne travaille pas, il m'a dit Mon fils, vous n'êtes pas une personne, mais un mannequin dévoué qui doit enfiler Sa fonction divine comme un gant, ah, il était classique, hein ? me regardant, levant les yeux au ciel, et ricanant pour se rapprocher le plus possible de moi.

Et puis j'ai voulu écrire des livres.

Mais ça m'étouffe, c'est comme une partie d'échecs, un cauchemar organisé, les livres, non ? c'est trop compliqué, je me suis pris un conseiller poésie, je crois que la poésie, c'est ce qu'il y a de mieux, mais c'est délicat, ça n'a rien donné, le gars est bloqué.

On l'appelle Bossuet.

Venez par là, mon petit Bossuet, approchez-vous, dites-nous tout sur la littérature, en concentré si possible, pour notre nouvel ami.

Vous allez voir.

Écrire, Sire, psalmodie un petit personnage, planté devant nous, comme par miracle, en veste verte à parements jaunes, un petit chapeau bizarre sur la tête, sorte de panama Henri III, Attention, Majesté, écrire rétrécit le décor, attention à l'Aventure intérieure.

Expliquez-nous ça, Bossuet.

Si Votre Majesté désire écrire ses mémoires, il faut penser au rétrécissement, le choc du lecteur, il se rend compte que l'espace du Roi est relativement petit, ce n'est pas bon, regardez Sainte Hélène, le gars dicte Austerlitz à un petit garçon, il reste trois heures dans son bain à lire Manon Lescaut, il ennuie tout le monde avec ses batailles, Marengo ceci, Friedland cela, ma blessure à Arcis-sur-Aube, Ah, quand j'ai perdu Lannes, on pleurniche, on va faire un petit tour en attelage à fond sur les deux cent trois mètres de l'allée des tilleuls, tout est plus petit, tout se réduit, les mémoires ça fait ça, trois quatre petites histoires.

C'est rikiki.

Comme du Wagner au piano, ce n'est plus grand-chose, les vies sont des petites ruines, oh, l'espace se réduit, oh, Deuil Immense, oh, Madame se meurt, et après ?

Comment c'est la suite ? c'est couillon, j'ai un trou.

Eh, Bossuet, hurle le Roi, si j'écris quelque chose ce sera de la poésie, vous n'avez qu'à me donner des cours de poésie, mais de la bonne.

De la poésie ? dit le poète, désespéré.

Non, Sire, de la prose, pas de poésie, pas bon, de la prose, tout pour le futur, c'est mieux, Sire, Dialogue distendu dans la masse du livre, le Gris décor qui se diaporamise, ça porose, ça agit, ça Pollinise, ça fragmente dans les Têtes, poursuit le poète de cour de plus en plus excité, ah, la prose c'est merveilleux, Sire, c'est beaucoup mieux que la poésie, c'est tout rikiki la poésie, il faut faire un Roman, un roman de formation pour préparer la restauration en grand, un petit homme perdu sur un champ de bataille croit qu'il assiste à une bagarre, quelqu'un réapprend à tirer de la main gauche, un aveugle devient pilote de fusée et retrouve la vue au décollage, les gens aiment ça, et ils ont raison, un grand récit mythique à portée de main, Ulysse, par exemple, on pourrait faire Ulysse moderne, voilà l'idée, la poésie c'est maigrichon.

Sire.

Et puis ce qui est beau c'est que c'est politique, quelque chose qui se relie au monde, de l'amour en barre, un goudron d'amour qui recouvre les rues, on peut faire une signalétique avec les phrases, la prose c'est humain, un Roi qui fait des poèmes ne peut être qu'un tyran, j'ai la liste, vous verrez, des Présidents, des Empereurs, des Premiers Ministres, à la pelle, le fameux Jardin Intérieur, le guetteur mélancolique, trop de remparts, Sire, toutes ces images, ça coupe des autres, la métaphore ce n'est pas politique, non, non, on ne doit pas penser en images, la prose ça nous remet dans le monde, ça fait des tentacules.

C'est un bain de foule.

C'est la popularité assurée, on rentre dans les villes, on se balade dans les zones de non-droit, c'est l'hu-ma-ni-té, les vrais sentiments en grand dans la supracommunauté, psalmodie le poète les yeux exorbités, grimpé sur une petite échelle de bibliothèque qui se termine par une rampe en demi-cercle, comme celle d'une chaire d'église.

Des poooooèmes, Non, hurle le prédicateur.

Et puis ultime argument, Sire, tous les poèmes, même les plus féroces, ressemblent à ? l'adagio d'Albinoni ? un petit slow ? un graffiti dans les chiottes ? Je t'aime, Jacqueline, etc., écrit avec son caca, pitié, Sire, c'est ça la poésie, juste des petites lettres d'amour, c'est idiot, de la prose, j'insiste, le monde appartient à ceux qui font de la prose, on va gagner.

Vifs applaudissements du groupe.

Le poète descend de son promontoire d'un air faussement modeste, s'enfile un grand verre de cognac, et s'approche de moi, C'était bien ? j'ai été bon ? ah, si vous saviez ce que j'ai souffert cet hiver, j'ai approché la mort par la seule force de mon désarroi, une peur de rater terrible, moi je fais des poèmes en fait, mais en secret, parce qu'il n'y a que moi qui suis capable d'aller au bout, il y a une hiérarchie secrète, voilà, il croit quoi, le Roi, qu'il peut tout avoir, il n'aura que le cul de la crémière, c'est terrible, je suis obligé de pousser les gens à faire des choses que je n'aime pas, c'est ça la politique, et puis le Roi, avouez, il est gâteux, il radote, ce dada de la poésie, c'est idiot, il est nul en versification, tout ça pour faire des poèmes de salon, il se penche vers moi, et m'attrape par le cou, et se colle à mon oreille, comme une tique, ou un poisson qui n'a pas de dents, se colle à la peau, et aspire directement la chair de l'autre, humide.

Ne l'écoutez pas.

Il est fini, me glisse Goethe à voix basse, dans l'autre oreille, on a besoin de types de plus en plus diversifiés, au fond, on en revient à des gars qui sont, comment dirais-je, encyclopédiques, mais marketing, esthétique directionnelle, physique nucléaire et ski nautique, tout ça dans une seule tête, on ne peut plus prendre des gens trop spécialisés, un poète, mais je rêve, pourquoi pas un spécialiste en araignées, non, on arrête, le ski tout court c'est fini, on travaille sur les télésièges, on gagne du temps, on danse sur Notre Assimil, on dort avec des casques, on bosse, voyez, dans ce cas-là pourquoi on emploierait pas quelqu'un juste pour jouer au scrabble, faudra payer le type à attendre sur sa chaise nuit et jour, c'est absurde, je connais un endroit où il y avait un gars payé à traverser un petit lac toute la journée, juste pour animer un coin du tableau, non, c'est fini, moi, en tant que chef de cabinet, je décide de virer tous les gars soi-disant experts, on va en crever des experts, faut dégraisser, moi, je veux des autodidactes arrivistes, c'est la seule catégorie de gens qu'on peut s'attacher avec des récompenses, on les tient avec le bonus, le pébroc doré, un peu de dope, du sexe à tous les étages, c'est le trust, la firme béton, ça jouit.

Bon, vous allez m'aider.

Chêne énorme jaune citron.

Ah, les feuillages, autrefois c'était quelque chose, il n'y a plus cette épaisseur des feuillages, cette masse, ces arbres énormes au milieu des prairies, essences du temps de Weimar, il a raison, Goethe.

Ah.

Eh oui, avec moi, ça va être la promenade réactionnaire, à chaque pas on s'arrête pour pleurer, il manque toujours quelque chose, reste un remords, un morceau du paysage aimé, oh, la maisonnette coincée entre deux buildings, et ça, et ça, élégiaque, non? se promener avec le poète de service, c'est le bouquet, hein? pleurs au pas de charge, vous savez, mon cher, je suis lucide, à la différence des autres, je souffre, en grand, je suis passionnant, donc évidemment la bave du crapaud, pssst, on se fout de moi, je suis le cadeau du chef, Et si vous alliez faire un petit tour tous les deux ? je suis sûr qu'ils sont morts de rire, là, je suis considéré comme l'emmerdeur absolu, rira bien qui rira le dernier, sinon c'était bien, tout à l'heure ? j'ai été bon ? vous avez vu le moment où j'ai scandé ça comme une oraison funèbre, c'était merveilleux, non ? je fais souvent des oraisons, il y a un ton inégalable, et puis ça les scotche, non ?

Ah, la prairie descendante vers l'eau.

C'est beau, ça m'empoigne, cette nature, ah, tous ces murets de pierre, ponctués de très grands arbres au feuillage fin et dense, une meute de chiens glisse, dans une houle noire et blanche d'aboiements légers pygmées, ça cavale, à la poursuite d'un renard mauve, vous savez, pendant ces poussées de regrets, on se prend vite la fièvre.

Oh.

Je vois tout de suite les images dans tout ce qui se passe, je jette un œil, crac j'ai une phrase, c'est ça le génie, je lève les yeux au ciel, crac, comme une alouette rôtie, un haïku du matin.

Oh nuages
vite

Mon manteau.

Vous voyez, le rapport d'échelle, c'est ça le beau poème, manteau, hein, c'est pour dire Vie, mais en petit, à taille humaine, hein ? les nuages qui passent, le temps file, et Moi, hein, là-dedans ? ah le Sujet, il souffre, hein ? mais il est comme un coq en pâte, au fond, il est un miroir du monde, c'est fort, vous savez, tout le monde n'est pas capable, c'est ça ma fonction, être au bon endroit quand il faut, Barthes dit ça, absolument, l'artiste c'est le type qui est là au bon moment, c'est un reporter, envoyé spécial, ah, c'est beau.

La kermesse au village, bon, comment faire ?

Le Roi veut lire des poèmes en public, mais les gens vont lui balancer des tomates, il faut savoir se mettre à l'écart, il n'en est pas capable, la fonction crée l'organe, le sien est énorme, vous comprenez pourquoi je lui dis de faire de la prose, il faut un renoncement pour la poésie, une grandeur d'âme, je déconseille ça à tout le monde, on est comme un saint Sébastien, crucifié ad vitam, on est ennobli par la douleur, c'est un club très spécial.

Pause accoudée à la barrière devant les prairies.

Le petit poète est en veste vert pomme, un chapeau tyrolien à plume particulièrement longue, une petite canne-épée qu'on dégaine à tout bout de champ, des après-ski en phoque retourné, une gourde en argent et un fusil à lunette en bandoulière dans sa housse de cuir rouge fluo.

M. 98 Magnum, Mauser.

On a acheté ça à Munich, on a arrêté avec Purdey and Sons, les Allemands font des fusils plus profonds, si je puis dire, ambiance Congo, un bruit wagnérien quand on descend un phacochère, on n'aime plus les Anglais, d'ailleurs ici ils ont tout acheté, en dehors de nous, tout est anglais, ils arrivent, dès qu'un endroit est beau, pour rentrer dans le décor, vous savez, comme des personnages prédécoupés qu'on colle sur un fond, tous en 4 × 4, ils font de la luge comme s'ils étaient tout seuls, loin de moi l'idée de tout ostracisme refoulé, j'ai d'excellents amis anglais, vous savez, c'est grâce à eux qu'on maintient cette tombola annuelle.
M. 98 Magnum, Mauser, une œuvre d'art.

Les gens se plaignaient déjà en 1830, Ah, avant la Révolution, vous auriez vu ça, du gibier partout, on s'approchait comme on voulait, il n'y avait pas dix chasseurs pour un perdreau, disaient déjà les gens, et puis les gens bien chassaient à cheval et sans fusil, les animaux n'avaient pas encore peur des coups de feu.

Vous me direz, avec ça on est bien avancé.

Si on filait au Mexique ? il paraît que là-bas on peut chasser pratiquement n'importe quoi, et sans permis, rires, n'importe comment ici on a été psychanalysés, nous, on ne nous la fait pas, on n'est pas des gens qui ignorent que nous refoulons nos pulsions, on n'est pas dans le Bien, le Roi délire, moi je vous dis ça entre nous, je suis poète, mais il ne faut pas me la faire non plus, j'ai les pieds sur terre, je les vois bien, les yeux au ciel dès que j'ouvre la bouche, on devrait faire alliance, vous plaisez extrêmement au Roi, à deux on les dégomme, on va tous les niquer.

Vous fumez ?

Faites extrêmement attention au Roi, il est jaloux de tout, il parle sans arrêt et nous accuse de ne jamais le laisser finir ses phrases, très mauvais signe, il a peur.

Moi, je vous dis qu'il a peur.

Attention, stop, chien arrêté comme ça, ouh là c'est beau, un hiéroglyphe à l'entrée des maïs, je suis poète quand même, tout le monde est poète, c'est là où le Roi à raison, il suffit de le dire pour l'être, mais il faut le faire, c'est comme les abdominaux, demain je fais du sport, vas-y, ah, c'est juste le bémol, faut raturer, mille pages pour un haïku, alors évidemment, bien sûr, on ne m'aime pas, vous savez, je prends souvent l'exemple des chiens de traîneau, je suis la chienne de tête, celle qui sent les crevasses à l'avance, j'ai du flair, n'est-ce pas, j'ai, voyez-vous, la grosse vista, certains animaux de génie ont la vista, alors évidemment on ne l'aime pas, la chienne de tête, elle prévient avant les autres, on lapide toujours le porteur de mauvaises nouvelles.

Fffft

Envol de bécasses
boum

Bravo Mylord.

Ah, Monsieur est un excellent fusil, ah, c'est le beau moment, regardez, le blé en herbe, imperceptibles ondulations sous vent léger, plein soleil, chien feu arrêté en pleine course sur ciel marbré, un poète est là pour vous dire ce que vous n'avez pas vu.

C'est pratique.

Bref, moi, ce que je dis au Roi, faites un gros livre avec du volume, pour raconter vos sensations, en grand, Waterloo, Dien Bien Phu, il n'y a que la guerre qui soit intéressante, les lanciers dans les forêts, le choc des armures, ou alors faites une pièce, l'Archer de Charles VII, une pièce historique, ça a de la gueule, mais le mieux, je lui dis toujours, ce sont les Mémoires, c'est idiot les poèmes, imaginez Napoléon faisant des palindromes en alexandrins le soir au coin du feu, non, il racontait ses batailles, il restait trois heures d'affilée dans le bain, et crac il vous expliquait le Blocus continental, moi, que je fasse des poèmes, c'est différent.

Je souffre.

J'ai peur de ne pas savoir les faire, mais j'y arrive, ça m'irradie, je suis une éponge, je gobe tout ce qui se passe et j'en fais des fleurs, imaginez un boulanger qui chaque matin a oublié la recette du pain, ce n'est pas évident d'être sans maître, il faut oublier qu'on est capable de le faire, c'est délicat, vous écrivez aussi, non ? tout le monde écrit.

Il n'y a rien de mieux pour se calmer.

Oh le chien
encore

Stop

Joncs rebécasse ?
feu

Mouche.

C'est lui qui fait tout, le superposé SO10, c'est le digne héritier des célèbres fusils de chasse et de tir SO, qui ont gagné, sur les pas de tir olympiques et lors des plus exclusives battues de chasse du monde, de l'Europe à l'Amérique en passant par l'Afrique, la réputation des fusils de luxe les plus fonctionnels, élégants et exclusifs du monde entier.

Ouh là.

Le superposé SO10 présente des éjecteurs avec un nouveau dessin, doté d'une glissière sur le demi-bloc des canons, et assure ainsi des éjections et des expulsions de cartouches impeccables.

Crac.

Le pontet rallongé usiné dans un robuste bloc d'acier, et savamment encastré au fil sur la poignée de la crosse, ajoute une touche de raffinement et d'élégance à l'arme, regardez ça, aucune partie n'est soudée ou microfusée, détail piquant, la détente est réalisée en titane précieux, ce qui lui confère une très grande légèreté et longévité, mais pas aux petits oiseaux qui passent.

Boum.

Il y a un moment on lâchait des gens dans les prés, lance une jeune femme très brune, foulard noué sur la tête, ensemble de tweed, appuyée sur le capot de la Land Rover, que je compris être une des deux Dauphines à la même manière étrange de phraser qu'avait le Roi, cet accent traînant.

On lâchait des gens dans les prés.

Et puis on tirait dessus, des gens condamnés, des volontaires ? ils couraient dans tous les sens, c'était un beau bazar.

Personne n'a jamais fait ça, dit le poète.

Elle invente, me regardant d'un air désolé, il n'y a jamais eu de chasse à l'homme dans le pays, vous confondez, ma chère, elle fabule, levant les yeux au ciel, jamais personne n'aurait été jusque-là ici.

Ils couraient, poursuit-elle, en zigzag, et boum.

Sire, dit-elle.

Goûtez-moi ça, c'est du cygne, aujourd'hui on ne mange plus de cygne, elle s'effondre en larmes, bafouille, on entend juste des mots comme Terminé.

Plus jamais de
cygne

Oh, tristesse, oh, deuil éternel.

Elle s'avance en pleureuse, un châle sur la tête comme un fantôme en Chanel, tenant le plat à bout de bras.

Oh, cygne.

Arrêtez ça tout de suite, sinon c'est les oubliettes, on a compris, on ne mange plus de paon non plus, on n'est plus au Moyen Âge, les gens sont extraordinaires, se tournant vers moi, ils veulent toujours du changement et garder tout comme avant, c'est problématique, avantages acquis et nouvelles sensations en plus, c'est fou, on ne veut plus grimper la montagne en peau de phoque, on exige des télésièges ultra-rapides et chauffants à 4000 m, et Madame veut son cygne en plus.

Ça me rappelle, euh, dit Monsieur le Prince.

Je me souviens d'un déjeuner à Ferrières chez les Rothschild, il y avait un petit type égaré en bout de table, un peu parent pauvre, reçu exceptionnellement, bizarre, bref, il a cru bon de piocher dans le plat tendu perfidement par un valet, ne connaissant pas la règle qui interdit strictement de se resservir, d'où le piège, ah, terrible, le pauvre mangeait son rab dans un silence de mort, ah, le tableau.

Je ne vois pas le rapport, coupe le Roi.

Peut-être qu'ils mangeaient du cygne, bégaye le Prince, justement il y avait du cygne ce jour-là, c'est juste quand vous avez dit Cygne, crac, ça m'a déclenché l'histoire, donc c'est que ça correspond, ce n'est pas un coq-à-l'âne gratuit, non, Sire, Objection.

Tout petit.

Vous n'avez qu'un tout petit stock d'histoires dans la tête, et vous essayez de les placer à tout prix, dit le Roi, alors il y a des bavures, ça tombe à plat.

Coulé, crie la Duchesse.

Eh, vous, la Duchesse, ça commence à bien faire, vous croyez quoi, que je ne vois pas votre petit jeu, à essayer de vous faire bien voir toutes les cinq minutes.

Pas de phrases !

Vous savez ce qu'avait dit je ne sais plus quel Duc à un écrivain au moment où il lui tendait son livre d'or, pas de phrases, Monsieur Proust, c'est beau, non ? ça me fait penser à ça d'un coup, dit le Prince.

C'était quel Duc ? demande la Duchesse.

Brissac ? non, ils ne recevaient pas tant que ça, Montmorency ? non, il n'y en avait déjà plus, euh Mortemart ? impossible, trop d'esprit pour ça, bien sûr, Uzès ? je ne me souviens plus, donnez-moi la liste.

Usé.

On dit Usé, pas Uzès, coupe le Roi, non seulement vous racontez n'importe quoi, mais vous prononcez mal.

Je n'en peux plus.

Venez par là, allons faire un tour, je n'en peux plus, il souffle comme un bœuf, je craque, cette cour m'épuise, il m'attrape par le cou, vous savez, j'ai besoin d'un renouveau, il paraît que vous êtes un vrai antidépresseur.

Ah, Ferrières.

C'est vrai que c'était quelque chose, le petit train souterrain pour apporter les plats bien chauds, rien que ça, respect, ici tout est toujours froid, on ne va pas mettre une couverture écossaise chauffe-assiettes sur la table, c'est le début de la fin, je ne lâche pas sur les manières de table, qu'en pensez-vous ?

Ah, le grand hall.

Quand même, avec ces têtes de nègres énormes en torchères de six mètres devant les Rembrandt incrustés dans des boiseries noires, on a beau critiquer, hein, ils ont inventé un style quand même, moi je n'ai rien inventé du tout, à force de croire que mon Être se suffisait à Lui-même, le décor s'est réduit, je n'ai pas passé mon temps à construire des maisons, à faire dessiner des meubles, à racheter les commodes de salle de bains de mon aïeule décapitée, à écumer les ventes internationales, je vais finir dans un camping-car, bon, j'ai quelques objets d'art, c'est vrai, il faut qu'on mette tout ça en valeur, hein, on dit ça maintenant, mettre en valeur.

Bon, ce n'est pas le sujet du jour.

C'était bien la promenade avec le poète ? vous avez vu pour la kermesse ? Goethe dit qu'on devrait écrire des slogans dans le village, des cris de joie, Ah que c'est beau, Vive l'histoire, des phrases énormes sur l'église romane, pour que les gens impriment en se baladant, qu'en pensez-vous ? entre nous il est un peu zinzin ce Goethe, vous ne trouvez pas, entre nous, sérieux, il ne faut pas que ça filtre, il m'en voudrait, j'ai froid, mine de rien, je crois que j'ai pris un sérieux coup de froid, je suis comme enfermé dans un frigidaire, je ne sais pas ce qui m'arrive, mais j'ai l'impression que tout est irréel, je ne crois plus en rien, franchement, j'ai un coup au moral, je crois que je suis malade pour de bon, secouons-nous.

Venez voir ma collection.

On a mis ça tout en haut, un coup de blanc sur les poutres, ça fait atelier, non ? quand j'étais petit, je passais mon temps dans les combles de musées, les caisses numérotées, les bustes cassés, odeur de plâtre.

Ça marque.

Cette grande sculpture en plastique rouge, ma préférée, un jouet géant, une statue équestre de Moi, mais en moderne, on dirait un chien quand même, Moi en capitaine d'industrie, c'est Laureen X. qui m'a choisi tout ça, je l'ai débauchée du Met, c'est de l'art huitième, il y a les arts premiers, donc après deux, trois, quatre, etc., on peut tout classer facilement, avec ce nouveau concept, me voilà, en vert pomme, dans une version amusante, avec mon sceptre clignotant, j'avais commandé ça avant l'exil, dans l'idée où nous aurions un siège social, à l'entrée c'est quand même mieux que des pots de fleurs, vous allez me dire que je finis par m'occuper de décoration intérieure quand même, je me contredis.

Décoration intérieure.

C'est intéressant, si on réfléchit bien, une décoration à l'intérieur, ça fait du bien à l'âme, et discrètement, sans ostentation, je vais fonder un ordre, invisible, un Saint-Esprit secret, les gens le porteront l'air de rien, bon, quel intérêt, je divague, il faut que je fasse un tri entre mes bonnes et mes mauvaises idées, oh, regardez-moi cet air conquérant magnifié par le plastique, c'est de l'émail en fait, c'est le contraire de la sculpture d'avant, au lieu de partir d'une pièce originale à reproduire à l'infini, on prend une usine entière de voitures pour réaliser un prototype unique, Goethe a raison, en inversant le capitalisme, on fait une pyramide à l'envers, on royalise l'industrie, privatiser, il dit, ça ne suffit pas, non, un seul bénéficiaire, c'est une image, dit-il, c'est un raisonnement limite, d'accord, il le sait très bien, il n'est pas fou, mais provoquer, d'après lui, c'est bon, les gens s'énervent, on fait un démenti, ou même on laisse couler, après ça reste dans un coin des têtes, ça imprime discrètement, ça crée une langue neuve, mot à mot, et le jour où vous parlez franco, tout le monde suit, vous me direz, c'est tentant.

À dada sur mon business, c'est moi.

Goethe a raison, un Roi doit faire des affaires, sinon exit, si je veux revenir dans la course, il faut que je positive, autrefois, quand je me suis installé dans ce chalet, je me suis fait la main, des petites OPA, très amicales, sur deux ou trois magasins d'antiquités du village d'en bas, genre dépôt-vente, on s'est mis en cheville avec les types pour estampiller des salons, des meubles télé.

Ça a marché un temps.

Je m'étais même dit on pourrait faire des petits personnages, une frise, comme Peter Pan qui file par la fenêtre le petit frère, la mini-sœur le nounours en bout de bras, la famille royale en fuite, rires, on fait dessiner ça et on le colle sur des presse-purée, des machins pour laver la salade, vous savez, c'est le seul truc de cuisine qui ressemble à un jeu, non, il y a aussi la poire pour écrire son nom en crème sur un gâteau, on met ça sur le moule à gaufre Varennes, le plat en pyrex spécial gros gigot Varennes, voilà.

Je n'ai pas d'idées.

Mais nous, on ne se fera pas arrêter à Varennes parce qu'on veut finir nos pieds de porc, parenthèse, il paraît que c'est faux cette histoire, nous, on est au régime et on s'est collé dans la montagne, va nous trouver, comme dit Goethe, ciao les paparazzi.

Mais on s'encroûte.

L'exil ce n'est pas bon, regardez-moi tous ces gens, ils finissent par accrocher des photos de leurs gosses, des cartes d'anniversaire musicales, ils font pousser des avocats dans des mugs, je suis sûr qu'ils couchent tous ensemble dans mon dos.

Vous savez, je le sens.

Et à tour de rôle, tout le monde couche avec tout le monde sauf avec Moi, je suis dans une voie de garage sexuelle, quelqu'un m'a peut-être jeté un sort, j'ai peut-être croisé les verres quand on trinque, ou pas regardé bien dans les yeux, je suis out, ils couchent tous ensemble, j'en suis sûr, et, c'est le pire, avec l'impression que c'est inédit, secret et romantique, alors que sur vingt ans, toutes les combinaisons marchent, même avec la naine de la cuisine, on finit par tomber amoureux et y croire, un jour ou l'autre c'est Roméo et Juliette dans la chambre de bonne.

Bref.

Excusez-moi, d'un coup, je ne me sens pas bien du tout, on dirait qu'il fait tout noir brusquement, ma vue baisse, la maison baisse, tout baisse, voilà, la vérité, c'est que j'ai perdu l'habitude d'être Roi, j'ai froid, je n'ai que des problèmes domestiques, donc l'esprit libre, c'est terrible, j'évolue séparé, je change alors qu'il ne se passe rien, donc mon enfance se fige, donc je deviens conservateur par manque d'images nouvelles en moi, vous saisissez ? alors comment remuscler mon image ? je suis moins bien vu, je ne fascine plus comme avant, ce qu'on dit, je crois, c'est qu'il faut repartir des sources, resigner le contrat du départ, j'ai lu ça, je ne sais plus comment faire, j'ai un problème d'échelle, tout est trop petit, aïe, j'ai mal au dos.

Les vertèbres.

Ça fait mal là, Sire ?

Si la vie, c'est donner des signaux, un signal, Sire, cela peut être déjà à la manière de nouer une cravate ou de construire la cathédrale de Chartres, ça dit juste l'état de votre lien à la vérité, tous vos signes sont royaux, un Roi reste un Roi, regardez Brummel dans son lit, ruiné, impeccable, un signal, Sire, c'est juste insister, chers amis, chers sujets, attention, je suis là, bip-bip.

Je suis celui qui est.

Il fallait y penser, holà, donnez-moi le bras, Majesté, je vous appelle Majesté, d'accord, Sire, c'est vieux jeu, je reprends, si Votre Majesté m'autorise, eh bien, lui dis-je en caressant négligemment son épaule, le désir de vérité se pratique quotidiennement comme la gymnastique, par parenthèse, on n'obtient rien, c'est un sport qui vous détruit en vous ouvrant des portes au fur et à mesure, il faut s'embarquer et penser à autre chose, de l'émotion, Majesté, on sait aujourd'hui que l'intelligence seule est incapable de comprendre le monde à elle toute seule, ça a été prouvé et expérimenté par des gens remarquables et il y a déjà très longtemps, c'est un acquis.

Il faut l'émotion en plus, hein ?

Je lui masse l'épaule, Si, je poursuis, si on adapte le coaching de sport à la pensée pure, c'est intéressant, parce que tous les ralentisseurs, les scrupules idiots, la paranoïa, n'auront plus droit de cité dans le cerveau.

Inventez des critères et décidez qu'ils sont chimiques.

Ah, j'ai une sensation de culpabilité avec un retour sur investissement sur la mère déviée par la projection du roman familial, implique mal au cœur + idées noires, c'est la molécule 567B12, ah c'est ça ?

Tout va bien.

Détendez-vous, ah, vous avez des nœuds, moi, je les vois, les nœuds de Votre Majesté, ça sent bon cette huile, hein ? on devrait créer une boutique en bas, Oint de saint Denis, l'huile royale, hein ? rires, non, je vous avoue que ça va trop loin.

Franchement.

Goethe et la bande, quand même, ils poussent le bouchon, très bien de vouloir avancer, moderne, oui, mais pas vulgaire, Sire, on est du même bord, il faut garder du divin, ce sont des brutes, hein ? le Commerce généralisé, souplesse et retraite, flexibilité et sécurité.

Attention.

Des sécurités de plus en plus grosses, comme en Amérique, où le moindre agent de circulation ressemble à un gros ludion bardé de ceintures, de harnais, gilet pare-balles, parachute, le zéro mort.

Ça fait mal là ?

Je le savais, c'est ultra-noué, je vous fais un bon vieux coup de rebouteux, attention.

Crac.

On va s'en sortir, je suis dans le même cas que vous, si je suis conseiller, c'est que je suis pareil, entre nous, c'est ça que vous voulez, un vrai jumeau, un deuxième Roi, hein, dans l'ombre, les deux Corps du Roi, c'est ça que ça veut dire, il faut un deuxième Roi pour que ça marche, le Duc de Windsor, Christophe bis, Kim IV.

Le Masque de fer, vous connaissez ?

Tu aimes ça, hein ?

Hein, le Roi ? je vais te privatiser, moi, tu veux voir qui c'est le patron ? ça fait mal comme ça, eh bien oui, c'est comme une nouvelle selle en métal sur le dos, c'est un peu dur les premiers jours, et puis après on s'habitue, rires.

La question ordinaire.

On met les genoux là-dedans, on visse, crac crac, tu peux me réciter les psaumes à l'envers ? non ?

Crac.

Que je te parle mal ? rien de plus simple, espèce de petite salope de Roi de mes deux, je vais t'enfoncer ce magnum de côte-rôtie dans le cul, bienvenue dans la cave, on va te faire l'épilation définitive, j'ai connu un légitimiste qui a baisé avec son père dans un hammam, par hasard, hein, bienvenue au club.

Et c'est qui le chien-chien à son coach ?

On veut sa chaîne, Son Altesse ? voilà, avec des pinces, je te mets deux kilos sur le téton royal droit, Ah, ça pèse, hein ? le poids des responsabilités.

On garde sa cagoule.

Il va pas pleurer, l'Altesse, on est là pour sécher tes larmes, au Butagaz, youpi.

Quelle rigolade.

On va te coller une couronne sur la tête avec les pointes à l'envers et on va taper dessus avec une masse.

Tu jouis pas
J'ai dit
de pas jouir

Si tu jouis, le Roi, je te bute.

Pause, ouf, de l'air, comme on sort d'un sauna pour se plonger nu dans la neige, tonneau de glace, grand balcon de bois, neige au bord, soleil, peignoir blanc, la pause classique, on lève le pied.

Ouf.

Approchez-vous ce transat ici, hein, la vue ? plein pot sur les cimes, bon, on arrête de faire de la langue de bois, faisons un bilan, votre massage, ça m'a ouvert les yeux.

Je n'y avais pas pensé.

Comment aviez-vous su ? j'avoue, là je suis bluffé, j'essaie de reprendre la main, mon vieux, je fais le malin, je digresse, mais là, vous me doublez dans la côte, vous allez être ma Mme de Maintenon, mariage, vous aurez droit à une chaise à bras, c'est-à-dire un fauteuil, inespéré dans votre cas, vous allez avoir des problèmes avec les autres, tout ce qui est siège c'est sensible.

Orange pressée ?

Sanguine, c'est toujours mieux, vous avez vu ça sur la neige ? ce rouge et blanc, ah, le miracle des loups, allez, on va faire un tour, comme avant, la chasse à courre, un coup de gnôle sur un plateau d'argent avant de monter à cheval, dites, Marco ?

Mettez-moi de la vodka avec l'orange.

Oui, Sire, s'incline un colosse en combinaison mauve à crevés jaunes.

Allez, cul sec, on y va et sortez-moi le 567 LK.

Je ne sais pas ce que vous m'avez fait, mais je me sens en pleine forme, ça fait du bien par où ça passe, c'est le mental, comme on dit, je me rendais pas compte, quelque chose que je ne connaissais pas me manquait, ah, la fenêtre de tir est étroite, vous êtes très fort.

On se tutoie ?

Hop, monte là-dedans, on va se faire une descente, une bleue, je suis crevé, plus de bosses, tu m'as réduit en cendres, rires.

Carrosse noir, route de glace, droit devant.

Non, c'est vrai, j'ai déjà envie de recommencer, jouer au fakir, ça relativise, d'avoir vraiment mal très fort, après on respire, mais c'est toi le chef.

On glisse

Fusée
nuit

On s'arrête deux minutes au Snow-bar ?

On va juste boire un verre, vous avez du vin chaud ? moi je veux un bloody mary, un poil shaké, filtré, attention pas de glaçons, prends ça aussi.

J'ai horreur de la glace dans le jus de tomate.

On se met là, aujourd'hui on discute, c'est bien le coup de mettre une couverture d'ours sous la table, ça réchauffe, ils ont bien fait les choses, ça me fait penser aux autos d'autrefois, le gars à l'avant avait une couverture de cuir qu'on relève sur les jambes, pour rappeler que c'est une carriole à moteur, le conducteur est seul et indépendant, c'est pour ça que j'ai dessiné ce demi-carrosse sur le traîneau, une petite cabine avec le maximum de verre.

Juste, je dis bravo.

Tu as brisé ma solitude, c'est bizarre, je me suis senti seul jusqu'à aujourd'hui, je réalise que j'étais vraiment exilé sans toi, ah là là, c'est fort, ce sentiment, c'est vrai je suis seul, si je fais un bilan, qu'est-ce qui me reste ? je n'ai que des souvenirs vagues, une seule image, comme extraite d'un conte, une assemblée floue dans le noir, des oies blanches, voilà, des gens transformés en oies blanches, c'est ça, dans une cuisine de ferme, un coin noir, des taches blanches qui parlent, mon père enfermé dans une oie ?

Et puis deux ou trois trucs.

Images lointaines de sacre, un homme à genoux sur un coussin, avant-bras replié sur la poitrine, une couronne descend au ralenti sur une mer d'hermine.

Des moments debout famille près d'un feu.

Ça fait des ombres
bleu feu

Rouge noir.

On dirait un coloriage détrempé sur une feuille sombre, quelqu'un qui aurait eu l'idée de peindre les êtres et le décor qui les entoure comme un coucher de soleil, oui, il y a ce truc dans ma collection, mes Turner, c'est ça, je ne mémorise rien, c'est un peu ça, ce n'est pas terrible comme point de départ d'une refondation, ce n'est pas le zénith, c'est flou.

Une famille au crépuscule.

Oh le champ glacé.

Ce ne sont pas des pistes, c'est de la nature avec de la neige dessus, le relief est naturel, des prairies en descente l'hiver, on ouvre les barrières, à vol d'oiseau, et on file, ce n'est pas du sport, on se déplace, on va faire les courses à ski, on va dîner chez des amis, on emmène les enfants à l'école, on traverse des champs de glace, on passe sur le toit des maisons, tremplin.

Hop.

Plus personne ne parle, on est pris dans le vent qui entoure tout dans sa spirale blanche et noire, quand les choses enfin ressemblent à des œuvres d'art, par la grâce de la seule vitesse, tout unis, les atomes énormes des choses en fusion.

Ce n'est pas du sport.

Du transport ! Majesté ! du transport ! je lui hurle au moment où je le dépasse, silhouette noire, ohé, vitesse.

Triple saut à l'envers
flip-flop

Yeeees, Majesté

Mur noir sapin
route froide

Quand la vitesse unit les choses

Maillage
événements verts

Vert noir blanc
noir

Ziiip.

Allez, dit le Roi, arrêté en haut de la crête, ici ce sont les vacances éternelles, on ne va pas tout se faire gâcher par une bande d'idiots, ce sont les vacances, quand même, tout rentre dans le puzzle.

Regardez-moi comme c'est beau.

La montagne ça soigne, rien que de la regarder, je vois bien que j'exagère en tout, c'est ça que vous devriez m'apprendre, à dédramatiser, allez, on descend, tout schuss, hein ? c'est une super-noire naturelle, avec des rochers, tout le poids du corps vers l'arrière, mon cher.

Décollez les spatules

Ski
ski.

Il hurle, silhouette noire, moustique sur précipice blanc, taches de vitesse loin, les motifs s'écrasent sur la palette, souvenirs compressés, à fond dans la descente.

Chambre.

Une douche brûlante, puis glacée, puis brûlante, puis glacée, un petit repos sur le lit avec une serviette imbibée d'eau de Cologne, ah, je commence à m'occuper de moi, après toute cette tension, je n'ai plus eu le temps de rien faire seul, même pas de penser.

Même pas de rêves.

Enfiler une paire d'après-ski en peau de phoque mort-né, une veste de smoking très étroite et anormalement longue, un pantalon en nankin crème, gants bleus, mouche sous l'œil droit, poudre.

Dans l'ordre.

C'est l'heure de sortir, pas bête le coup de la boîte sous le chalet, creusée dans la falaise, la verrière dans le vide, ils sont tous là agglutinés, les domestiques en serveurs, les infirmières au bar, ça n'arrête jamais, la vie de ces gens.

Boum-boum.

Les ultrabasses font vibrer les vitres, je bois coup sur coup deux Tom Collins, le Roi se trémousse sur de la disco superposée à des cornemuses suraiguës, il danse bien, le Roi, quand même, malgré son âge, il pratique une sorte de jerk alterné de petits sauts à la verticale, suivis d'une série toujours identique de figures avec les bras, comme un sport de combat contre soi-même, je slalome entre les tables bourrées de monde, des types en costume noir, avec des filles blondes gigantesques sur les genoux, regardent avec assurance dans le vide, une table au fond, personne, ah.

C'est bien, les boîtes, on peut réfléchir.

Prenons un moment de détente, c'est quoi la vie ? prenons une chose simple, la vie, c'est quoi ? je me dis à haute voix intérieure libre, au finish, la vie, un unique flash-back au ralenti, une succession de scènes emboîtées qui tournent en démultiplié, comme cette boule lumineuse ? ah, je suis content de moi, je suis capable de penser avec profondeur à des choses importantes en temps réel, vive Moi, après tout, pourquoi pas moi ?

Pourquoi Moi je ne serais pas Roi ?

Un triple Collins, merci, dans un grand verre, boum-boum, aïe, il ne faut pas que je me fasse embarquer dans cette déprime générale, j'aime les boîtes, j'aime les inconnus, surtout les filles nouvelles, j'aime tout le monde, j'aime l'alcool, c'est merveilleux, finalement je devrais faire mon métier de conseiller spécial en toute quiétude, personne ne me demande autre chose, une simple organisation domestique à trouver, donner un nom ronflant à la chose, faire croire qu'on invente un concept, on peut se mettre en veilleuse, mais ça ne va pas durer l'éternité, ils vont me démasquer, et après ? tout ça c'est alimentaire, j'ai un passé suffisant stocké pour me croire différent, je suis heureux quand je veux, je puise dans mes souvenirs disponibles, je choisis mes rêves, le paradis, je connais.

Ils ont changé la musique.

Un long morceau de vibraphone mixé avec le bal de la Symphonie fantastique, c'est terrible, qui peut bien vouloir entendre une chose pareille ?

Pitié.

De la samba, suivi d'un Lai de Marie de France au luth, précédé d'une litanie R'n'B, c'est le début de l'enfer, on me fait écouter ça dans une cellule, j'avoue tout, crie la Reine, en hurlant de rire, pitié, arrêtez ça, les bras en croix, la Reine ? mais c'est la Reine, je ne l'avais pas encore vue, je m'approche, je ne savais pas qu'il y avait une Reine.

Table basse

Banquettes en panthère plastique
palmiers en polymère.

Coucou, jeune femme ultrabrune, très petite et très grosse, robe bustier à grandes fleurs citron, veste en perles, chignon vertical, diadème, lunettes allongées dolce vita, tenant un bébé crocodile dans ses bras.

Ma reine, dit Goethe, faisant une révérence.

Ma mini-reine, dit le Roi, s'approchant, on ne vous sort que pour les réceptions, pas de bon de sortie du Palais central, hi hi, qu'est-ce que vous faites pas couchée à cette heure ? il s'avance vers elle et sort un fouet de cuir noir, maintenant c'est l'heure du panpan cucul.

Hein ?

Je ne comprends pas pourquoi il fait ça, me glisse un type prétentieux, une chope de champagne à la main, il va finir par la tuer.

Elle a les pieds bandés.

À force, la Reine, on dirait un bonzaï, vous savez, elle a soixante-dix ans.

Ça conserve.

Il ne va pas la crucifier dans le salon, quand même, regardez, le Dauphin, ils amènent le Dauphin, c'est son premier bal, c'est la présentation, il a grandi.

Il est tout blanc.

Il a l'air de planer, ben tiens, dit un gros type, ils se défoncent en famille, ça prend de l'opium, les Rois, tout le monde essaie de voir le carré VIP, en grimpant sur les chaises, on a coupé la musique, ça bruisse de partout.

Il paraît que c'est une famille, ils mangent leurs petits.

Laisse voir
chut

Exécution du Dauphin.

Ils le coupent en morceaux, il paraît que ça dure deux jours, dit mon voisin, se tordant le cou pour regarder, ils sont très forts au niveau chirurgie, comme les Chinois, on dira ce qu'on voudra, on peut regarder à travers, et il vit encore.
Ça a de la gueule.

Un petit groupe discute, indifférent à cette quasi-mise à mort qui paraît rituelle, Oui, dit l'un, à catogan et veste pied-de-poule, on a mis des tableaux dans la chambre du Roi, un petit Vermeer, prêté par le Met, enfin, presque, projeté en direct du Met, un milliard de pixels, une seule connexion, on a privatisé les tuyaux, sympa l'idée du tableau à domicile, le choix du Vermeer, vous qui avez l'air de vous y connaître en art, c'est que la femme endormie accoudée à sa table n'est pas toute seule, au laser on voit un homme passer dans l'embrasure de la porte suivi d'un chien, on a repeint dessus, repentir de Vermeer, notre idée c'est de remplir la chambre du Roi de fantômes.

Pour chasser les siens.

On a éclairé puissamment le Vermeer par-derrière pour qu'il irradie son aura, on voit les couches, on expose l'infra, hein, diapo du saint suaire, l'équivalent des gris-gris des Tarumara, nous, c'est Vermeer, ah bien sûr ce n'est pas le même genre, même si c'est la même idée.

On peut faire ça avec un Fra Angelico.

C'est vrai que ça renvoie beaucoup d'énergie, dit un inconnu en smoking blanc, perruque Warhol, accompagné d'un petit type, pull marron et œil mauvais, je suis collectionneur mais ultralibéral, j'applique la loi de la jungle à tout, donc œil pour œil, dent pour dent, j'essaye de potentialiser l'interactivité maximum entre l'œuvre et le regardeur.

Venez voir mes Picabia en volume.

L'aura naturelle du chef-d'œuvre égale une bonne séance de rayons, ou un changement de sang.

Le projet ultime serait de placer l'œuvre dans un contexte qui la booste, au village il y a la fondation pour le mouton, Transhumance, ils ont reconstitué des refuges d'alpage avec animaux vivants, on pourrait installer les pièces dans la paille, comme une crèche, les gens auraient de l'art utile et partageable enfin, ajoute le Warhol, visiblement ivre au dernier degré.

On se reprend une bouteille ?

Le Roi, on a failli lui changer le sang, d'ailleurs, poursuit le catogan, ex sanguino, on dit, balles neuves, tellement il était déprimé, alors là je ne vous dis pas les discussions théologiques, on transfuse un prince du même groupe ? et vous qu'en pensez-vous, se retournant vers moi, la vitesse de sédimentation royale ? proportion du bleu dans le sang ? Monsieur n'est pas dans la chimie ?

Les deux sangs du Roi ?

Les gens dansent sur du Mozart remixé, Messe en si avec simulateur d'orgasme, râles en boucle, ce n'est pas si bête, ça reste mystique, dit une Marquise filiforme qui fait un début de strip debout sur un tabouret.

Yeeees.

C'est la Saison qui commence, c'est génial, psalmodie un homme à perruque violette, à genoux, les yeux inondés de larmes, les mains jointes vers le ciel, merci Seigneur, on va se marrer, on va tout faire péter, on va faire la fête à fond, il me tend une main en peluche, Hello, je reconnais Monsieur le Prince, déguisé en autruche, Ça fait du bien, dit-il, hein, me regardant, ça détend, hein, ça détend de faire le beau, hein, ça vous va très bien ce costume, c'est de la chèvre ? c'est beau, épatant.

Isotherme, non ?

Ici on s'amuse, hurle Goethe grimpé sur une énorme console de marbre, suspendant la Reine par les pieds à un palan qui partait du plafond, allez-y, désignant du doigt un type à cagoule de latex, allez-y, répète-t-il, s'asseyant à une table recouverte de plats d'argent de toutes tailles, gelée, gelée, gelée, pitié, arrêtez ça, je déteste le praliné, tout ce qui est meringué, voilà, c'est comme ça, allez-y, répète-t-il, je déteste faire ça moi-même, je veux déjeuner en même temps que les tortures, comme on faisait en Irak.

Il est bon, ce Goethe.

Vraiment impressionnant, me glisse le voisin mince, se présentant, Préfet de Région, voilà, mais rallié à fond à Monseigneur, regardez-moi ça, quelle classe, le privé, c'est le mieux, les types ne sont pas des fanatiques, et puis des gens qui en ont une vraie, de vie privée, justement, des enfants, pas des profils de kamikaze, ce type est formidable, ce Goethe, c'est un local, immigré allemand deuxième génération, inaudible.

Comment ?

Je ne comprends pas ce qu'il me dit
des mots coupés

Musique tellement forte

Pas snob
eh non

Ancien pompier
et ?

Inaudible

Police Montée, voyez le genre sportif
sans histoire

Le spectacle

Ils ont copié Mother
la boîte trav

Meatmarket

Pas mal comme nom, Mother
on reste à la maison quand on sort

Inaudible.

Regardez ça, c'est exagéré mais c'est beau, champagne ?
ah oui, allez, au fait vous êtes qui ? ah, le ?

Excusez-moi, je reviens vous voir tout de suite.

Je slalome pour échapper au représentant de l'État, j'avise un type à la fenêtre, dites donc, je lui dis, cherchant un allié, c'est pas rigolo rigolo, ici, la seule solution c'est picole, picole et picole, aïe.

Je reconnais le poète de la cour.

Approchez-vous, je ne vais pas vous manger, vous en voulez un ? bonbec à la morphine, ça détend, vous savez, tout le monde est défoncé toute la journée, ici, c'est normal, regardez Kennedy.

Ça décomplexe.

Le truc c'est de se laisser descendre vers ce qui est en train de se passer, couler dans les sensations de C'est en train de se passer, me dit-il, le Réel, on dit ça, c'est le terme, quand on dit ça on a tout dit, à tout bout de champ, c'est-à-dire, une sensation de réel, la joie du C'est maintenant, c'est une légende, je suis en train de l'embrasser, je marche sur les eaux, c'est comme les poèmes, j'attrape une énorme truite, c'est merveilleux.

Adieu.

Je me glisse au bar entre deux femmes colossales, en satin rouge brillant, les deux Dauphines, alors comment ça va ? on ne s'est pas vus depuis un bon moment, avec tout ce travail, ces réunions à répétition, pas un instant, pas de réponse, elles ont l'air hypnotisées par ce qui se passe sur la miniscène de danse, elles ondulent, lèvres humides et regard absent, c'est très difficile de concilier l'absolue indifférence et le présent absolu, elles mériteraient d'être Reines un jour.

Elles me plaisent beaucoup.

Ça y est, on s'embrasse, je te mets la main sur le ventre maintenant, je-te-mets-la-main-sur-le-sein, etc., en avant les chéris, les gens dansent à ciel ouvert.

Piste en ciment.

Guirlandes quatre couleurs, ça tourne, l'air, l'air est frais et le sol est chaud, palais d'été, dancing idéal, vous comprenez, les fêtes, ça me fait penser à des tas de choses.

Elles s'en foutent.

Je peux raconter n'importe quoi, elles sont pour, elles hochent la tête, les yeux agrandis, elles n'entendent que la forme des mots, la musique, les vibrations, les attaques, elles écoutent le rythme, c'est fort, elles disent oui.

Oui.

Elles ont de très beaux yeux, très profonds, Des yeux si profonds, c'est bizarre.

Oui.

Oui, j'ajoute en mimant une danse d'ours, hein, c'est ça ? hein, ça vous amuse, c'est parti.

Oui.

Ah, il y a des gens qui disent non et d'autres qui disent oui ?

Je danse.

La spirale de petites pensées de rien multipliées par les sensations, je vois tout en hélice, les idées correspondent avec de vrais êtres, tout hachés, et les cris pour dire Oui c'est ça, Oui c'est ça, voilà ce que je vois à l'instant T, je désire ces jumelles intensément.

Oui, une image en chair.

Long délai des images, passées à la moulinette, déguisées à toute pompe, au bal.

Bal ?

Les petites pensées tournent, comme une robe qui se colorise en tournant, facette douce, arc-en-ciel, primaires sur noir, vous voyez ?

Et au lit.

Le toucan et les singes hurleurs

Seuil du sommeil, rêve volontaire, allongé, yeux plafond, retour organisé dans ce qui précède, on résume, ça calme, choisir son rêve, on se déplace dedans, on peut très facilement sortir de son cerveau et voir à droite, à gauche, au-dessus, en dessous, un œil mobile et articulé, sur roulement à billes, on choisit la scène, Souvenirs enfouis, cote B, on fait défiler son catalogue, Nid, on prend le nid, c'est un bon sujet pour s'endormir, un nid ? un nid, ça m'obsède.

Réfléchissons.

Qui a bien pu fabriquer ça, au beau milieu d'une forêt, en altitude, inaccessible au commun des mortels, ce n'est pas une œuvre d'art, rien ne l'indique, un affût pour attendre les cerfs, une cabane pour enfants géants, un balcon en forêt ? une idée très confortable, dormir en rond, ça doit être reposant, circuit oiseau au-dessus, bien installé au fond, en boule, avec le temps, ça donne des plumes, un jour je reviendrai dinosaure, se dit l'habitant du nid, tranquille, bien lové dans son enveloppe reptilienne, duvet néandertal, couleur branche, on admire le paysage, accès illimité à cosmos, bravo.

Je me mets à sa place.

L'arbre abrite d'autres membres de la famille, des toucans chanteurs, des singes à aigrette, des milliers de petits serins couleur iris, je suis le commun des mortels.

J'ai la tête mythologique.

Je ne suis pas enfermé dans un seul corps, à monohistoire, je suis trilobé, spiralé, je m'enroule à la ligne de nerfs sur le flanc des poissons.

Je plonge
noir

D'un château l'autre

Amazone profondeur
ouh ouh

Ma plante ?

Bravo.

On ne sait pas qui a pu fabriquer une chose pareille, en tout cas, bravo, celui-là avait compris l'espace que j'attendais, je reviens du paradis, il faut que je vous raconte.

J'allume la lumière
debout sur le lit

Les bras en croix.

J'ouvre le rideau du baldaquin, oh merci, c'est ça, en une milliseconde, le souvenir entier explose en corolle dans mon cerveau, paradise lost, époque bénie où toutes les choses étaient égales et pleines.

Des caisses retrouvées au bord de la plage

Contenant
vis, clous, haches, scies.

Et des idées et des programmes aussi solides qu'un marteau, C'est alors que je décidai de construire une maison dans les arbres, etc.

Construisons.

Tout est à plat, tout est à la surface, les choses ne se subdivisent pas, mais se démultiplient, des générations d'actions, un tissu de choses à faire, un maillage de petites joies, la réalité en plein soleil.

Infinitif.

Comment c'est ? viens, dit l'un, parfait, dit l'autre, et si c'est Oui à ça, alors ce sera Oui à ça aussi, très bien et comme ça, on avance, tête-bêche, on fait la brouette avec les problèmes, et ainsi de suite, dire, faire, agir, changer, mourir, partir, revenir, j'éteins la lumière.

Alléluia.

On se plonge dans le vide, dans le filet des lianes, précipice frais des troncs, là où la forêt est fraîche, les mots montent à la gorge en larmes.
Ça fait des tas de cendre dans les clairières.

Qu'est-ce que c'est que cette histoire ?

J'allume la lumière, réfléchissons en clair, tout ça n'est pas grand-chose, deux trois petites impressions, bout de liane dans un fond de jardin, ruisseau vu par un nain comme l'embouchure de l'Amazone, une volière chez de lointains cousins, on se fabrique une île.

Une fausse.

On mélange ces petites sensations aux images extraites des livres, on colle bout à bout ces scènes éparses, on se les repasse mentalement à des vitesses différentes, comme ça, on élimine les bavures, on lime les bords pour ajuster le puzzle, et voilà deux trois petits bouts d'histoires privées qui font un monde, la lorgnette regardée à l'envers.

C'est minuscule.

Voilà comment on crée un mythe, avec trois détails, un Navajo romantique se promène au bord d'une rivière, une grenouille un peu plus grosse que d'habitude lui adresse la parole pour l'inviter à visiter sa hutte sous-marine, là il retrouve sa première épouse qui lui coupe les jambes et lui colle un demi-corps de poisson, etc.

Revenons au nid.

Qui est l'artiste ?

Il a dû travailler intensément, tressage d'osier, de branches de bouleau ? un panier à diamètre humain, et puis le hisser en haut de l'arbre, échelle de corde ? passerelles suspendues ? il faut vraiment le vouloir, calcul de résistance des branches, maquette à la maison, on l'imagine, je dois faire ça, voilà, je le fais, je n'ai qu'une seule idée en tête, je suis obligé, sinon je n'existe pas, sa famille est contre, ses amis l'en détournent, il s'enferme, cobaye, il le teste lui-même, ça marche.

Adieu.

Le temps passe, forêt année zéro, machine à régresser, ça ralentit, le nid est recouvert de mousse et traversé de lianes, plus rien n'arrive, le temps fraîchit, il fait plus noir, les oiseaux grandissent, les rochers s'effondrent, on habite une ruine, adieu tout le monde.

Il y a quelque chose qui cloche.

Les gens ne font des choses impossibles que pour être vus, il y avait bien des routes pour aller dans chaque temple, la jungle est arrivée après, alors c'est quoi ? une œuvre abandonnée ? fondu dans le feuillage, lichens, poussières, champignons, la différence entre elle et la forêt s'estompe, peut-être que l'artiste y avait pensé.

Vernissage dans mille ans.

Quelqu'un aligne des pierres pour une raison x, et dix siècles après, on se dit, oh, c'est un cloître géant, non, un aéroport pour soucoupes volantes, c'est prouvé, ou alors, c'est le contraire, changeons d'avis.

Pas de sacré à l'horizon.

Si si, c'est Sacré, on ne doit rien dire, c'est privé, le sacré c'est privé, les gens d'Avant étaient plus proches de leur âme et de leur corps, c'est ce qu'on pense toujours, c'est idiot, on se croit toujours les premiers à voir les choses comme des simulacres, avant les gens étaient plus primitifs, temps immobile, tout le monde sur son prie-Dieu à regarder le ciel, grosse erreur, les gens ne s'y intéressaient pas plus qu'aujourd'hui, c'était juste une habitude, comme s'arrêter à un péage.

Quelle religion ?

Quels rituels magiques ? quels instruments de musique ? certainement le gouloudogué, une plaque de tôle ultramince découpée en ruban, montée sur un chevalet en forme de grosse vrille et électrifiée, imite le bruit du vent et le craquement des mélèzes, le druide fait du soutien naturel aux éléments, un petit coup de tonnerre pour exagérer l'orage, un petit chœur de corbeaux au fond, un bruit d'arbre.

Crac.

Autre solution.

C’est purement décoratif, un type tout seul appuie sa main pleine de sang sur la paroi de la grotte et recommence.

Invention du papier peint.

Mais non, voix de la raison, le vieux bibliothécaire ouvre un énorme in-folio sur la table, poum, poussière, Mais non, c’est un groupe, une chose pareille ne s’invente pas tout seul, ils doivent être plusieurs, il doit y avoir des textes là-dessus.

Écoutez ça.

C’est en latin, alors, une foule ? une troupe ? un groupe de gens refuse de vivre sous terre ? dans un trou, terminé les cryptes, du changement ! du changement ! ils décident d'aller prendre l'air, dehors, dehors, c'est un petit groupe très seul, cantine dans les bois, combat de cannes avec moine musclé sur poutre au milieu de rivières transparentes, j'arrange un peu la traduction, bivouac arrosé, et on fait des chefs-d'œuvre en copain, fraternité, cabane en forme de cathédrale, cellule en plein vent, je suis passé par là, signé Frère Z.

On trouve tout dans les livres.

Et si c'était eux ? je me dis encore, poum, refermant le gros volume, et si c'était une secte ? la Cour royale, c'est une couverture, c'est une secte, c'est sûr, on rafraîchit d'anciens cultes, des trucs païens ultraviolents, Adoration du taureau, l'Oiseau magique et ses ailes en rasoir, Histoire des hommes transformés en oies, le Temple du Soleil, et on fait des nids, voilà le truc, on brûle ce qu'on veut dedans, on fait rôtir un Dauphin en offrande, la Dauphine attend son tour, on lui donne des bonnes petites côtelettes roulées dans du sucre, de l'huile de foie de morue, des loukoums, du pudding à la graisse de bœuf, de la crème 100 %, on se la grille au milieu de l'excursion, tout le monde en cagoule à pointe Ku Klux Klan, ah, ils vont me bouffer mes Dauphines.

C'est exagéré.

Ils ne sont pas assez pervers, trop occupés d'eux, trop paresseux pour se lancer dans des trucs pareils, ils ne sont pas assez artistes, seul un monomaniaque qui se donne simplement les moyens de ses ambitions est capable de faire ça.

Pourquoi pas moi ?

Mais, quand même, pourquoi cacher des merveilles dans le décor ? personne n'ira les voir, à quoi ça sert ? à quoi ça sert de construire des choses pour personne, un artiste secret c'est quoi ? ajouter de la nature à la nature, discrètement, doubler les branches des arbres, greffer un rosier sur un autre rosier, étoffer la vie, installer des champignons géants, réduire une forêt en un bonzaï, changer d'échelle ?

Un fou ?

Une volonté d'évangéliser la nature, peut-être, allez, un truc de plus, pour compenser les millions d'espèces perdues, ça va essaimer.

Une cellule dans la forêt.

Je ne dors toujours pas, quelque chose me fait peur, qu'est-ce que j'ai vu ? qu'est-ce qui me manque ? refaisons le parcours de mémoire, je grimpe en pensée, je traverse les glaciers, des bouquetins volants planent sur la prairie blanche.

Nouveaux animaux ?

Attention, nouveaux animaux égale nouvelles images, impliquent nouvelles chambres d'enfant, impliquent nouvelle éducation, l'Émile II.

Ou alors, c'est le contraire.

Ce n'est rien du tout, des hallucinations ordinaires, mal des montagnes, c'est connu, ivresse des hauteurs, allez, c'est rien du tout, on est dans la vraie vie, ce n'est rien que de la chimie, bulles d'illusions perdues, passions nerfs, marche en boucle, on se perd là-dedans, ça ne va plus, il faut arrêter les questions, on va tout changer, on va se mettre en veilleuse, on va faire respecter le silence, on va faire un vœu, j'ai peur.

Je vais prendre le pouvoir pour les réduire au silence.

Si j'ai peur, les liquides acides se répandent au bout de mes tissus, comme un animal que l'on course, ça m'empoisonne, c'est la peur, je suis immangeable, si on se retrouvait dans une situation limite, avion crashé en haut d'une cordillère, personne ne pourrait me manger, et si, et si j'étais mort, non, je suis immangeable.

Je dors.

Rentrez, me dit Goethe.

Silence de mort, je suis en retard, désolé, j'articule gêné, j'ai trop dormi, mon réveil est cassé, je ne me suis pas rendu compte, confus, pardon, il me regarde comme si je venais de sortir d'un œuf.

Envoyez le film, Donnerwetter.

Noir, un écran s'ouvre au-dessus de Goethe, un film au ralenti où l'on voit d'étranges volumes en mouvement, comme si on avait reproduit les volutes d'un cyclone, ça, c'est une vision ultra-affinée de notre économie, ce n'est pas calqué sur le budget d'une famille lambda, ça prend en compte de nombreux critères, que je vous passe, du style investissement réel du cerveau, calcul des pertes de neurones, épuisement physique invisible, satisfactions réelles et imaginaires, ce n'est pas de la science-fiction,

Mais c'est de la réalité augmentée, comme un câble entortille des composants, un scoubidou, comme ça, entrelacé, désolé pour la qualité de l'écran, c'est un peu sombre, Sire, ce ne sont pas les bonnes couleurs, il y a peut-être des pixels morts.

Mehr Licht !

Plus de lumière ! Mein Gott, on n'y voit rien, espèce d'abruti, la lu-miè-re, le bouton luminosité, je n'ai pas dit Mehr Nicht, je n'ai pas dit Stop, j'ai dit Licht, Lumière, hein ? ça rentre ? essayez de suivre, il se lève et frappe le préposé au rétroprojecteur d'un coup de cravache, alors saloperie de petit Marquis d'Untermensch.

Dites pardon.

Si ça continue ça va être la république ici, Salò, vous connaissez, avec un o grave bien sûr, enfin une république, après avoir torturé les gens on les baise, c'est idéal pour tout le monde, hein, c'est ça que vous voulez ?

Désolé.

J'ai une bouffée d'angoisse, c'est mon inconscient qui hurle, je regrette, je suis malade, poursuit Goethe en bégayant, ce n'est pas de ma faute, c'est comme des crapauds et des serpents qui me sortent de la bouche, à intervalles réguliers, crac, je vais me soigner, Sire, je vais me prendre en charge, je me rends très bien compte à quel point cela doit être pénible à Votre Majesté, et surtout à quel point Votre Miséricorde est Infinie, de me redonner encore une chance, ah, Seigneur, tout allait bien, et puis j'ai craqué, d'un coup, je vais me reprendre, ça va aller.

Il s'étend face contre terre.

Ça y est, Sire, je vois le bout du tunnel, je reviens, désolé, se relevant, on continue, ouf, s'ébrouant comme s'il sortait d'un cauchemar, c'est pire que l'épilepsie, bref, donc la nouvelle économie, Messieurs, ces courbes, eh bien, elles disent la vérité sur la vie, la vie est économique, c'est une évidence, mais il ne faut pas s'arrêter à la chair et au sang, il faut quantifier les molécules psychiques des êtres.

Sire ?

Un peu d'histoire pour finir la réunion en beauté, qu'est-ce qu'on faisait dans un château ? faisons machine arrière pour éclairer notre présent.

Envoyez le film, Donnerwetter.

Merci, c'est une reconstitution, d'ailleurs c'est inscrit dans le coin de l'écran, Fiction, c'est joué par un peu tout le monde, on a fait ça pour mieux vous vendre l'idée, eh oui, Sire, les grands moyens.

Regardez.

Le Roi se lève, il est beau comme ça, le pyjama ne correspond pas, rires, on est où ? dans un vaste donjon de bois, comme ici, eh oui, vous rigolez, mais le chalet, ce n'est pas si loin qu'on pense, trois étages, en bas celliers, coffres et jarres, au-dessus habitation, la musique n'est pas assez forte, on a mis du Haendel, bien sûr, un peu accéléré, c'est pas mal.

Regardez.

En 950, le Comte d'Angoulême vivait dans trois grandes pièces de 7 m sur 12, jonché de ? dit la voix off.

Joncs encore verts, dit le Duc.

Bravo, de joncs encore verts, un muret d'1,20 m est rempli de détritus, on a trouvé là-dedans 3 tonnes d'os de cuisine et de rats noirs, une estrade pour surélever le lit royal, et tout le monde dort autour, sauf un chevalier de passage qui rejoint la couche, coucou je suis ton cousin, on n'est pas loin du tipi ou de l'igloo, on est transparent, la nuit tout le monde parle à voix basse, tout le monde baise, regardez bien la suite du film, pas de privé, on devrait faire des travaux, et reconstruire tout en paysager, voilà notre chalet transformé, ah, la 3D, plus de cloisons, des tissus éventuellement, plus de secret, et là on sera bien obligé d'avancer ensemble, une glasnost militante, une transparence nouvelle du produit, un Nous de Majesté grand public et accessible, il faut une idée, les deux Corps du Roi, ça, c'était de l'idée, transfusion, transsubstantiation, transcutané, trans quelque chose, voilà, une couronne en incrust', et hop, générique.

Arrêtez, Goethe, hurle le Duc.

Arrêtez de me regarder comme ça, vous faites le truc, si, je vous ai vu le faire, Sire, Goethe, il fait le truc, c'est un complot, il n'arrête pas de me regarder, il me fait le truc que je vous avais dit.

Quoi le truc ? dit le Roi.

Des, des, le Duc bégaye de fureur, il dit des choses sur ma famille, insultantes, avec des signes explicites, il n'arrête pas de me regarder, il me cherche, moi j'arrête.

Je vais te casser la gueule, le Duc, dit Goethe.

Espèce de salope
quoi ?

Allez, dehors sans bonnet ni moufles, dehors, dit le Roi, puni, le Duc, vous êtes éliminé, zou.

C'est comme ça.

On a bien rigolé, c'est fini, vous êtes tous punis aussi, interdits de boîte jusqu'à nouvel ordre, Nous le voulons, Nous avons encore des moyens de régner, voilà.

Interdit de boîte ?

Mais c'est impossible, Majesté, gémit la Duchesse, on voit sa perruque trembler, non, non, Sire, pas, pas, la boîte, il y a une soirée à thème.

Trop tard.

Mais Sire, reprend l'un des trois Marquis, mais si, la soirée à thème, c'était Vous le thème, c'était pour Vous, on s'est dit avec Monsieur Goethe que le mieux c'était de se recentrer, de trouver notre centre, comme il dit, on est tous bouddhistes, il y a une théorie qui dit qu'il faut trouver en chaque chose le centre, comme une bulle au milieu d'un grand désordre général intérieur, on est bien dedans, on optimise tout, on a les coudées franches, les gens sont rassurés, le moral des ménages, etc., croissance, croissance, efficacité maximum, zéro mort, on s'est recentré sur vous comme chef, Sire, alors on ne peut pas nous supprimer quelque chose qui n'a rien à voir avec un divertissement, aller en boîte, Sire, c'est du travail.

Absolument, reprend la Duchesse.

J'ai même un cartable, et un uniforme pour ce soir, une blouse avec des fermetures éclair, ça m'a coûté un prix fou, on ne va pas annuler, pitié, Sire, gémit-elle.

Plus-de-boîte, hurle le Roi.

Vous êtes une bande de dépravés et de crétins, je n'en peux plus, Goethe, finissez.

Conclusion, il faut faire des Grands Travaux, le chalet, comme vous le savez, Messieurs, comme dans n'importe quelle copropriété, hein, c'est une ruine, ce chalet.

Bravo, crie la Duchesse, hier c'était les chiottes cassés.

Il y en a marre de ce chalet, crie le Roi, on n'a plus qu'à s'enfermer dans sa chambre avec une chaise percée, c'est lamentable, la maison baisse, Goethe, pas de problèmes de placoplâtre, pitié, pas la plomberie, pas de travaux, finissez.

Le chalet part en lambeaux.

J'ai très peur qu'on soit de moins en moins branchés, s'écrie Monsieur le Prince, Sire, on est en train de se débrancher, il s'effondre en larmes, j'ai compris, c'est maintenant, ce n'est plus rattrapable, il vaut mieux être mort que démodé. Il sanglote en se tenant le ventre à deux bras.

Goethe, vous dites quoi à ça ? vous voyez la peine que vous faites aux gens ? demande le Roi.

Silence de mort.

On devrait faire des travaux, on verra bien après, répond Goethe sur un ton plaintif, un petit nettoyage de printemps, ça fait du bien, on réfléchit mieux après, si, si les choses sont propres, c'est rassurant, on repart à zéro, ça donne un coup de fouet.

Silence de mort.

Il va être viré, me glisse une petite femme que je n'avais pas encore vue, nez en trompette, yeux globuleux très noirs, il s'obstine avec ses travaux, ça exaspère le Roi, il n'a pas vraiment d'idées nouvelles, il faut rajeunir les cadres, on ne peut pas laisser vieillir les gens à un poste éternellement, le coup de refaire le chalet, c'est pathétique, on a besoin d'un coup de jeune, c'est tout, pas besoin de théories, le poisson pourrit par la tête, il faut être Soi d'abord, être soi, c'est ce qu'il y a de mieux, ce qui compte c'est l'émotion, non ?

Vous dansez bien ?

Ça y est, je commence à les voir individuellement, comme si je me rapprochais de la scène, je commence à voir les spécialités de chacun, les musiques ont des visages, j'étais peut-être trop loin jusque-là.

Ou trop près ?

J'étais trop près, cuirasse de satin, fraise tuyautée du col de robe, gros grains de peau, taches en forme d'humain, je n'étais pas à la bonne distance.

La peau du Roi.

Je cherchais la chaleur, les vibrations du son, j'étais collé, amidon des cols, poudre des perruques, soude et cendre d'os des nappes.

Fleur d'oranger des robes.

Ce Roi est nul, me dit encore à l'oreille la femme, elle sent très fort la transpiration, son pull-over angora rose à poils longs est recouvert de taches jaunâtres visiblement anciennes.
Quel salaud.

Elle poursuit avec une voix aigre, un de ces jours quelqu'un fera une description de nos clapiers qu'on nous réserve, lits superposés, fenêtres condamnées, pas de cuisine dans les chambres, on chie dans les couloirs, tout le monde se fait chauffer son cassoulet au Butagaz le soir à la bougie, on se met du papier journal sous les combinaisons pour résister au froid, ah, le fioul augmente, mais nous, on diminue, ça va mal, il va y avoir une révolution dans ce chalet, on dirait qu'ils n'attendent que ça, c'est 850 euros par personne pour 12 m² à quatre lits superposés pour les courtisans de base comme nous, on ne peut pas accrocher de linge aux fenêtres, dixit les

Monuments, et personne pour repasser, raviolis for ever, si on était des exilés sans mille ans d'ancienneté, on ne serait pas fiers, et si on veut aller au dîner de gala, le petit Bal des lits blancs, ma chère Duchesse, j'espère que vous nous amènerez la petite dernière ? et votre cousin Palamède, yes Sire, c'est combien ? 10 000 euros par tête de pipe, c'est cher le gueuleton ou pas ? tout ça pour la gloire.

Et puis ce Goethe, pitié.

Maintenant ça va être votre tour, on va voir ce que vous avez dans le ventre, il paraît, dit-elle en riant, que quand on tue le dragon, on épouse la fille, non ? surtout quand c'est des jumelles.

Vous avez des idées ?

Bon, je n'ai pas d'idées, je lui réponds, rien ne vient, le trou, c'est terrible, juste avant, crac, le vide, ça va être à moi.

J'ai un blanc.

Je n'ai rien à dire, depuis le début, je n'ai aucune idée, je me creuse désespérément.

Zéro idée.

J'ai une vie irréelle, sinon j'aurais des idées, on est limité quand même à ce qui arrive tout près de soi, c'est inquiétant, donc on se ratatine, voilà, il y a quelque chose de grave, je n'ai plus d'idées, le système de la jungle est trop loin, les comparaisons permanentes avec des choses, des idées totems, à tête de toucan et corps de jaguar, les idées tachetées, exit, les idées, fini.

Elle ne comprend pas ce que je raconte.

Elle me plaît, je sens qu'on pourrait s'entendre, j'ai une idée, vous allez me dire si ça va, on fait un test, si ça marche, je vous garantis que je jouerai dans votre sens.

L'idée pour regonfler l'image.

Voilà, je lui dis, j'avais pensé inventer un nouveau sport à l'envers, revenir en arrière, faire du golf au milieu d'une lande, jouer au ballon avec une tête de mort, et j'ai abandonné, ce matin j'ai une autre idée, bon, on pourrait coller des textes en grand sur la montagne, je n'ai pas encore réfléchi au matériau, comme Ceci Est Important en lettres rouges, comme Hollywood, peindre des lignes sur les pistes pour y délimiter des zones, ici X est mort, là accident de ski du Grand Dauphin, ici Nous Nous sommes mariés, l'Atlantide à l'envers, on recouvre le monde avec une énorme signalisation, on projette le plan d'un château disparu sur une colline vide, mais on ne peut le faire qu'une fois, ce qui m'inquiète c'est la durabilité de l'installation, je suis sûr qu'ils vont me coincer avec ça, qu'en pensez-vous ?

N'oubliez pas l'émotion, me dit-elle.

C'est intéressant, tout ce que vous racontez, mais vous oubliez l'émotion, le Roi, il est sensible, il n'aime pas les intellectuels, ça le complexe, attaquez par le sentiment, direct, ça marche, trouvez-moi une version accessible de vos trucs et ça ira très bien comme ça.

Vous croyez qu'on pourrait être mensualisés ?

Vous pourrez glisser ça ? c'est bien gentil les primes, les gratifications, la caisse noire, mais c'est aléatoire, on ne peut pas se projeter, il y a des moments, je me demande si ce n'est pas prévu, tout ça, si on est mensualisés, on pourra se prendre des crédits relais, la clim, par exemple, il nous faut une clim, ça tape sous les toits, et les remboursements des frais médicaux, on n'est plus au Moyen Âge, quand même.

Je pars en courant.

C'est mon bip, je lui lance, ils me bipent, désolé, je file, je prends la première porte, il y a un couloir, je cours, une autre porte au hasard, un escalier, puis un autre couloir.

Ça va loin.

Une petite porte, très basse, donnant sur un couloir qui semble très long, donnant lui-même sur un petit escalier sombre en colimaçon, creusé dans la paroi, donnant à son tour sur un palier en arc de cercle, éclairé par une seule ampoule nue, distribuant six portes.

Crac.

Peut-être qu'à des heures fixes, habillés comme des personnages de carillon, surgissent des diables emperruqués pour annoncer quelque chose d'important.

On peut s'y reposer aux heures creuses.

Griller une petite cigarette dans le cagibi en soufflant la fumée vers le soupirail, s'ouvrir une petite bouteille de chablis à température, il y a de la neige au fond d'un trou.

Il y a un trou au fond qui touche la neige.

Soleil ralenti et poisson mort

Trois mois plus tard.

Approchez-vous du Roi, voilà, c'est ça, c'est le jour de Médecine, on le vide, on le branle, on le saigne, on lui change l'eau en vin, hein, Majesté, ça ne fait pas mal ? il est sérieusement malade, il a vraiment pris froid, à voix basse, ça ne va pas du tout, il me tend un tabouret, c'est une faveur, vous devriez rester debout, mais vous êtes tout blanc, c'est fou comme on vieillit vite, je vois bien que tout ça vous touche, mais il ne faut pas tout dramatiser, ça fait partie du folklore, ces histoires, les gens s'engueulent pour faire avancer les projets, tous le monde s'entend très bien en fait, c'est très positif, c'est un jeu, une société à son maximum finit par jouer, c'est une preuve de maturité industrielle, moi je dis bravo, contre les esprits chagrins, mais oui, il y a toujours des jalousies, on n'aime pas les gagnants, c'est partout pareil, faut pas vous frapper.

Bruit.

Le lit à baldaquin électrique se replie en canapé, dites, ça vous ennuie, Monsieur Goethe, demande une jeune fille, si j'envoie l'algothérapie ? Désolée, susurre-t-elle, renversant sur le corps du Roi un seau rempli d'un liquide épais, vert fumant, l'enroulant dans un film plastique, comme on le fait avec les rôtis de bœuf.

Vous connaissez le soin ?

Chers amis, dit Goethe à la cantonade, le Roi est juste un peu fatigué, alors pour l'accompagner du cœur, un peu de gymnastique, hein, Sire, sans rancune, le Roi est mort, vive le Roi.

Non, je plaisante.

Et un deux, scande Goethe, gym, trois, on expire, tous ensemble, et quatre, hop, levant une baguette imaginaire, Allez, la Duchesse, on se détend bien dans l'air autour. Au ralenti dans les molécules.

Comme des poissons, hein, traversez la pièce en pensant être des poissons, je change l'air en eau, Messieurs, l'air, et hop, de l'eau, trèèèèès bien.

Révérence, Mesdames.

On respire par le ventre à fond pour sa révérence, non, non, les Dauphines, non, oubliez que c'est de la gymnastique, oubliez aussi que c'est une philosophie, l'émotion, vive l'émotion, l'é-mo-tion, l'é-mo-tion, il tape sur le sol avec une grande canne, soyez juste Vous à fond, tap tap tap, transparentes, allez, on se transporte entre des personnes en petits groupes, et on s'embrasse.

Voilààààà.

Le poète fait des pompes en survêtement dans un coin, 201, 202, on s'amuse bien, 203, j'espère qu'on ne le dérange pas trop, ce pauvre Roi, c'est déjà mieux qu'un silence de mort, pareil dans la poésie, vaut mieux qu'il y ait quelque chose que rien du tout, à tout prendre, c'est ma nouvelle idée, bon, un conseil, j'adore conseiller les conseillers, le truc c'est de se laisser descendre vers ce qui est en train de passer, couler dans les sensations, deviens ce que tu es, ça veut dire deviens ce que tu deviens, youpi, 254, 255, on reprend la main, crac, un poète doit être autoritaire, et là, vas-y, haïku, haïku, haïku, 312, 313, ouf, comme disent les psaumes.

Les fleurs de la ville
deviennent les herbes de la terre.

Stop, hurle Goethe.

On fait un jeu
les chaises musicales ?

Colin-maillard

C'est mon tour ! c'est mon tour !
je brûle.

C'est qui ? les yeux bandés, on me fait tourner, on me fait tourner, j'ai peur, devine, devine, je suis en vie, oh, je suis en vie, je sens l'odeur de cire des bougies, le tissu, le tissu n'est pas si noir que ça, je vois, je vois à peine, neige des robes, fleurs en bouillons, frou-frou, torsion crème, étiré, explosion de macarons, ffffff.

Pâtisserie en mouvement.

Oui, oui, c'est qui ça, oh ? je devine, et qui a un nez pointu comme ça ? c'est chaud, c'est chaud, qui a deux petits nez pointus comme ça pareil ? moi je sais, moi je sais, je brûle, je brûle, des petites épaules, une deux, trois quatre ? quatre seins !

Les Siamoises !

Gagné, tout le monde applaudit, j'enlève mon bandeau, les deux jumelles attachées l'une à l'autre par une cordelette rouge, ah j'ai eu du mal, si, si, mais deux têtes, sur sur, un seul corps, j'en bégaye, c'est qui ? c'est dur à trouver ?

Un cri.

Oh, Sire, on ne se lève pas, là, dit Goethe, on reste au dodo, et vos cent litres d'eau dans le cul, ce n'est pas bon, le Roi se lève, quand même, ah ce Roi, As I Lie Dying, c'est ça, quel tube, quelle mémoire, mais oui c'est merveilleux, vous voulez danser, c'est ça ?

On danse.

Il tourne sur lui-même les bras écartés, je suis Roi pour ça, oh, c'est à cause des tubes, je suis Roi pour ça, il tourne comme un derviche, je suis Roi pour ça, à cause des tubes, je suis Roi pour ça, il tourne de plus en plus vite, j'ai froid, vite, j'ai froid, il tourne, il devient flou.

Je ne me sens pas très bien.

Plus tard, les mêmes, autour d'un lit drapé de noir, entouré de tapisseries à licornes gigantesques, éclairage tremblotant, des milliers de bougies, pupilles de chats clignotantes, odeur de pierre, odeur de cire, oh, ça sent d'un coup énormément d'odeurs.

Je commence à retrouver l'odorat.

Ils sentent la transpiration, le plâtre, le gâteau périmé, le talc.

Laine pourrie ?

Même la pièce a une odeur, parfum lointain d'escalier de tour, à vis, grenier et neige, cire des bougies, crème en fusion, odeur de pisse derrière la porte, sueur de cheval sur les pantalons, tête de poisson égarée dans l'air.

Est-ce qu'on a quand même le droit de sortir ce soir ?

Chut, le Roi va parler, dit un petit homme barbu à tricorne en survêtement de satin noir, que je n'avais encore jamais vu, imposant silence par un geste impérieux, tout le monde se tait, il y a des gens partout, par les fenêtres, massés sur une galerie qui fait le tour de la grande pièce en hauteur, je ne l'avais pas encore remarquée, un théâtre en bois ?

Mes dernières volontés.

J'ai une idée, dit le Roi étendu, voilà, arrêtez la musique, bon, j'ai réfléchi, je n'ai pas le temps d'écrire des mémoires.

Mais si, Majesté, dit le Prince, mais si.

Non, dit le Roi, vous le savez très bien, je suis sûr que vous m'avez empoisonné, si si, j'ai senti le goût, c'était dans la soupe de tortue, hein ?

Avouez.

Bon, vous êtes des lâches, de toute façon je voulais mourir, ça m'arrange, bref, pas de mémorial, construisons en dur.

Des grands travaux.

Vous donnerez mon nom à tout, un parc d'attractions sur mon règne, mais pas fête à neu-neu, pas de Mickey chez nous, Monsieur Goethe, bon, je ne sais pas faire des poèmes, j'avoue, j'ai menti, mais j'ai des mots à inscrire quelque part, des devises, des programmes, on n'a qu'à dessiner une carte gigantesque à échelle 1 de Notre vie complète, on peint des lignes en couleur, pour délimiter les zones, on écrit le nom avec de grosses lettres, sous ce cèdre géant, j'ai rendu la justice, zone de jeux, zone pour s'asseoir l'été, zone pour enterrer les chiens, enfance des autres, etc., ici j'ai embrassé Y, noms de pays, les drames, là où X découvre que sa sœur n'est pas sa vraie sœur, ici possession de W, prairie Z, ou des indications avec une croix, chèvrefeuille géant au bord de la rivière K, ici V entendit pour la première fois un coup de feu, ici Paradis 1, la vie zonée, piochez dans ma vie.

Les batailles, tout.

Approche-toi.

Piochez dedans, le passé, les deuils, voilà, un cimetière d'idées, on se balade là-dedans, on prend conscience de l'épaisseur des choses, une idée devient plus intéressante si elle est en forme de colonne de dix mètres de haut.

Des petites îles.

Des îles dessinées, voilà l'idée, comme un terrain de sport sur herbe avec des règles inconnues, on dessine des lignes de couleur, avec de la craie, je ne sais pas, vous vous débrouillerez, sur la neige, c'est encore mieux, c'est plus simple, c'est comme une page blanche.

Et vous, je vous aime.

Me regardant, Je vous aime aussi, Majesté, je réponds très ému, merci, oh, j'ai la même impression que vous.

Approchez-vous, mon enfant.

C'est une idée qui vient de vous, écoutez tous, c'est lui qui m'a donné l'Idée, c'est lui le chef.

Merci à toi.

Je suis comme toi, je me dis ça souvent, me dit le Roi à l'oreille, très lentement en détachant chaque syllabe, ce sont mes dernières dernières volontés, je t'aime, approche-toi, voilà, et au moment où l'on est tout prêt de s'embrasser, il me repousse brusquement, vous allez me succéder, à haute voix, je vais vous adopter, et puis on changera la constitution, hurlant, on abandonne la primogéniture, la loi salique, tout ça, adieu, on choisit les enfants qu'on veut, faits par d'autres, inconnus ou pas, X, Y, Z, Dieu reconnaîtra les siens, simplifions, je me meurs de toute façon.

Noir.

Et puis je suis devenu Roi.

Bien sûr, on n'en est pas moins homme, mon caractère, mes goûts, mes expériences rentraient en ligne de compte, c'est normal, on veut laisser sa patte, certaines choses changèrent.

Il fallait rétablir le silence.

On allait transformer tout ça en monastère pour que ça s'arrête de parler, il fallait que ça s'arrête, on prend les mêmes.

Et à la Trappe.

Chacun dans sa chambre, un petit trou dans la porte, un plateau tournant, au pain sec et à l'eau, une Bible sans images, une robe de bure pour l'hiver, une de lin pour l'été, ah, ça ne rigole plus.

Je règne.

On leur installe un établi et des morceaux de bois, pour la distraction, construisez quelque chose, mais oui, des croix, bien sûr, des petits bateaux en os de baleine, des boîtes pour cacher vos souvenirs de bijoux, une fois par semaine une bonne promenade en forêt, encordés, avec des chaînes, une réunion de temps en temps, pas trop souvent pour qu'un moment ennuyeux devienne relativement une récompense.

Un petit concert d'orgue une fois par an.

Du Messiaen, cette année, une intégrale Messiaen, un concert de quatorze heures, ah, on n'a qu'un harmonium et une flûte à bec ?

Parfait.

C'est l'idée qui compte dans la musique, plus les instruments sont mauvais, mieux on entend le dessin intérieur, si on est charmé par la qualité sonore on tombe dans une extase préjudiciable à la compréhension.

Super-moines.

On fait vœu de tout arrêter pour retrouver de l'illumination par des moyens naturels, imaginez, chers amis, plus d'alcool, plus de drogue, plus de vanity-case Samsonite, plus de ski, plus de milk-shake, plus de pyjamas en coutil, de sac Kelly en diplodocus, d'écran plat.

C'est la saison 10.

Ne parlons même pas de sexe, castrés chimiquement les cocos, comme ça plus de problèmes.

Des questions ?

Mais, dit la Duchesse, au niveau nourriture ? on peut se mettre des poules dans les cellules ? comme ça on a des œufs et des plumes de couette, des poussins, on pourrait même s'engraisser un ou deux chapons.

Rien du tout, vous n'aurez rien du tout.

Et au niveau médical ? si on a un problème, j'ai de l'insuffisance respiratoire chronique, demande le petit poète.

Bois ton sang, Beaumanoir.

Ah, c'est fini l'époque où il y avait un médecin de garde, si vous avez des petits bobos, on se soigne tout seul, on bouche le trou de la sécu, on est solidaire, on serre les dents, on est des grands garçons maintenant, on peut s'opérer tout seul, dans sa cellule, même si on n'a pas le droit de faire la cuisine.

Rires.

Une scie, un marteau
de l'eau froide, de la mie de pain, basta

Serre les dents, on n'a plus d'éther

Désolé petit
faut couper.

Et Goethe, il est où, Sire ?

Appelez-moi Majesté, eh bien votre ami Goethe, il est parti faire un petit tour en montagne.

Tout nu.

J'avais gardé avec moi les jumelles, un semblant de famille quand même, pour un Roi adopté, c'est mieux, ce n'est pas évident d'avoir toujours confiance en soi, il faut des alliés, le pouvoir ça rend seul, c'est connu, il faut bien s'entourer, et avoir l'œil.

Il faut se durcir.

Je leur ai dit, vous vous la bouclez, on rentre en deuil, Ah, très bien, ah, parfait, ils battent des mains, Une cérémonie, youpi.

Mais pour l'éternité.

Là, les gars étaient soufflés, un grand deuil c'est une bonne aubaine, et avec autant de circonspection que de joie déguisée, comme on commandait au grand écuyer de faire réaliser des velours noirs pour draper les carrosses, on enfile des combinaisons couleur nuit ultramoulantes avec cagoules de chat en latex et on descend au flambeau la piste en nocturne, joie de l'anachronisme assumé, bonheur d'être en vie quand quelqu'un est mort, nouveau Roi, grosse fiesta, bien, mais là, un deuil pour toujours, c'est contre nature, il dépasse les bornes, il est fou, c'est un usurpateur, un Roi né sous X ? et adopté en plus, et la loi c'est de l'eau de boudin ? il n'y a plus d'arbre, plus de logique, plus d'ADN, aucun respect pour les gènes, à bas le tyran.

C'est monstrueux.

Les Ducs s'organisent, complots, réunions secrètes dans le garage avec voitures moteur en marche pour éviter les micros, etc., on se parle par gestes sous l'eau dans la piscine, j'en passe et des meilleures, ça ressemblait au fond à un polar de base.

Bien, un complot.

Je te réunis tout le monde, et j'annonce le résultat des courses, les Princes du sang, la mort, avec question vraiment extraordinaire, les Ducs, la séquestration à vie, les Marquis, question ordinaire sans les brodequins mais tenaillage des cuisses à volonté, un logo gravé au fer rouge sur le front, hommes-sandwichs, bannis, ils porteront la bonne parole, Marquises, Duchesses et compagnie, petit personnel, corps médical, fauconnier, réparateur de skis, etc., aux oubliettes, mon petit procès de Nuremberg, les Dauphines en greffières, impeccables, charmantes dans leurs robes à pois, coiffures à choucroute identiques, je faisais l'avocat et le procureur alternativement, et à chaque fois je changeais d'avis, j'ai fait aussi les jurés, en contre-jour, immobiles dans les stalles de bois.

J'ai fait le bourreau.

Grand tapis mille fleurs.

C'est pour jouer par terre
donne ça

Donne ça.

Elle m'a pris mes diamants encore, crie l'une, et ma rivière ? criait l'autre.

Chaussons en lézard, robe de chambre verte.

On discute le matin, devant un bon feu, on se roule sur le tapis, on joue aux billes, on écoute des disques, on se change tout le temps, vison framboise, daim rose, pulls marins.

On discute.

Vous savez, les filles, aucune fête ne me fera passer ma mélancolie, au fond, depuis le début je voudrais vous dire quelque chose, je n'ose pas, c'est trop simple, c'est une tristesse importante, un poids important de tristesse, bon, comme répétait souvent Stendhal, Je dis très vite ce qui me fait de la peine, bon, voilà, champagne ?

On a gagné.

Au fond, ce qu'on aime ce sont les polars de base, les complots, les cabales, les vendettas.

Hein, les Dauphines ?

Il y a Truc qui sort de taule, pour dire bonjour et plus si affinités à son ex-copain qui lui doit 100 000 dollars.

T'aimes ça, hein ?

Et encore mieux s'il y a un hold-up, c'est ça que je préfère, les préparatifs, le plan, avec les visages un à un comme les témoins d'Emmaüs, avec tout le spectre du plus salaud ou plus candide, minutages, distribution des rôles, c'est toi qui fais la piqûre au gardien, c'est Franck qui va conduire.

C'est pas pour rien qu'on t'appelle le Chauffeur.

Vous les filles, c'est normal, on préfère Jocelyne plaque André, non ? rires, je suis ultra-sexiste, rires, mais manque de chance c'est un psychanalyste, elle se retrouve personnage d'un roman, elle lui fait un procès, l'autre dit que c'est de la fiction, etc., sûrement c'est de la fiction de dire que M. Machin a un testicule en moins, na nana nanère, c'est de la fiction, vas-y me faire un procès, Mme Truc est une vraie salope, et c'est son vrai nom, passionnant, excusez-moi, je décompense, c'est mon tour, j'en ai avalé, des couleuvres, c'est bon, je suis de nouveau à fond après avoir fait le bon élève, ça fait du bien, c'est à moi, quelle joie, je suis sincère, c'est merveilleux, je déballe tout, c'est ma force, donc c'est mon génie, ça tourne, le moteur à fond, autoallumage, vroum.

Les deux Dauphines sur moi
et au galop

Hop

Allez monte là-dessus tu verras Montmartre
hop

On joue à ça.

Deux sexes identiques, dans la lumière du matin, je les distingue, je me les superpose, droite, gauche, stéréosexe.

La journée on joue au croquet.

On picolait pas mal, on restait au lit, en bas les gens ont fini par arrêter d'appeler et restaient tranquilles dans leurs cellules, on n'est pas à l'hôtel, nous, on s'amusait énormément, il y avait assez de nourriture pour tenir un siège, des rations de guerre, avec des petites boîtes autochauffantes, on ouvre, crac, et c'est chaud.

Mouton flageolets.

On a rouvert la boîte au public, on a descendu les grands Jeff Koons dans l'entrée, on a doublé la piste, un héliport, un carré VIP renouvelé, on a viré tous les ultras, et évidemment, gros carnet d'adresses, un Roi sous X, en exil, ça impressionne, on s'est rempli les poches.

Magnum !

Les Dauphines amenaient le champagne, avec des petits feux de Bengale, déguisées en fées, avec des couettes verticales et des bodies en écaille d'argent, comme ça les autres voyaient le sort enviable réservé aux gens qui avaient un peu les moyens de faire la fête normalement.

On s'est bien amusés.

On a fait venir Nigel McAllu, celui qui produit Crimson Mix, les jumelles, mine de rien, en connaissaient un rayon, sous l'ancien régime elles devaient être abonnées secrètes à des revues spécialisées, avec des disques souples de démo.

Je les aimais.

Ce n'est pas parce qu'on vit dans la plus grande vulgarité qu'on n'aime pas les gens.

Au contraire.

La journée on était tous les trois seuls, il y avait de la tendresse aussi, un fond de tristesse, on se sentait un peu abandonnés aussi, et on pensait un peu aux prisonniers dessous quand même, ça obsède.

La vie devenait imparfaite.

On gardait quand même l'idée de royauté intacte, bien rongée autour du cœur, on tenait notre rang, on enfile son costard Fendi et en avant, aucun autre projet que celui de dilapider rapidement l'héritage, ma royauté à moi c'est ça, un moment de silence dans l'Histoire.

Boîte la nuit.

J'avais installé l'inévitable salon de surveillance au-dessus, écran partout, zooms serrés sur les caisses du bar, toilettes, cave à champagne, micros dans les fleurs, contrôle des saisonniers, bracelets électroniques, tout le tintouin, et un gros vélo d'appartement, parce qu'on parle on parle, et pendant ce temps on ne fait pas de sport, le cardiotraining, hein ? et le ski ?

Faut pas oublier le ski.

Ça a duré comme ça assez longtemps.

À force de payer des tournées à tout le monde, de laisser passer les filles, puis après des inconnus, amis des filles, devenus habitués donc amis, c'est devenu une fête privée, Goethe aurait été fier de nous, bref.

Les caisses sont vides.

On a un peu déprimé à l'étage, et puis le naturel a repris le dessus, on a commencé à se laisser pousser les cheveux, par paresse, et puis on a fini par trouver ça pas mal, les cheveux longs, on se fait des nattes, des petits anneaux à l'oreille, des piercings à la langue, des morceaux de robes font des pagnes, je suis le roi des mouches.

Un totem.

On a mis des poules dans les salons, de la paille au petit bonheur la chance, pour dormir n'importe où sans prévenir, on a laissé les baignoires déborder pour nager dans les couloirs, la vraie vie de château, on a cramé les commodes Régence, graffitis sur les boiseries, joué aux fléchettes sur le Vermeer.

On s'est bien amusés.

On avait oublié les cellules, un vrai bagne, les gars mouraient de soif, se frottaient la tête contre les murs, mangeaient des morceaux de pieds, devenaient aveugles, etc.

Je n'osais plus aller voir.

De vrais lépreux, je dis à la Dauphine 2 au réveil, toi, je vais t'appeler Antoinette, dans le lit à baldaquin, chocolatière en argent, lait de nos vaches, grosses tartines au miel de nos ruches, édredon de duvet de cygne, avec nos petits moutons qui cavalent sur le grand tapis, ce n'est pas sain tout ça, on est enfermés nous aussi, on est gardiens, d'accord, mais ça revient au même, on est enfermés aussi, et puis la boîte, à force, ça nous a crevés, la Restauration, c'est dur, rires, on est obligés de boire avec les gens, et puis des rapports sexuels non protégés, statistiquement, un jour on tombe sur un os, ce n'est pas bon pour la santé, la nature me manque, on est à la montagne et on ne respire pas, on est enfermés dans cette boîte, mais franchement c'est idiot, il faut partir.

Qu'est-ce que vous en pensez, les filles ?

C'est vrai que filer à l'anglaise d'une cour en exil, ça devient un comble.

Rires.

Vous avez déjà vu un nid, un beau nid à taille humaine installé sur un arbre ? tu restes là tranquille, à respirer l'air autour, odeur de cèdre, jonquilles blanches tout en bas, ça vous irait ? camping sauvage dans parc naturel, on est copains avec les animaux, grands oiseaux silencieux, c'est délicieux.

Plumes plein la bouche.

Mets-toi comme ça, si, tu te mets sur moi, et toi aussi, double dose, voilà, retourne, que je voie tes seins dans galerie des glaces, c'est idéal, ton cul à l'infini et bordé d'or.

Rires.

On arrête de rire, on le fait sérieux, d'accord ? Je suis le Roi, dites Tu es le Roi, ensemble, un, deux, trois.

C'est qui le Roi ?

C'est toi le Roi, oh, c'est toi le Roi, oh oui, c'est toi le Roi, je veux qu'il soit Roi, cria-t-elle, je veux qu'il soit Reine, et ils riaient, et ?

C'est comment après ?

Et ils s'avancèrent toute l'après-midi
du côté des palmes.

Avant de filer, une dernière descente ?

Allez, tout le monde en tenue, moi je mets des ailes, et un petit moteur pour essayer.

Yes.

Le plus grand domaine skiable imaginable, schuss, vide, personne, station fantôme ? c'est merveilleux, ah, je comprends l'ex-Roi, c'était l'endroit rêvé, restaurant des pistes sans âme qui vive, saucisses encore chaudes dans les assiettes, neige fondue sur parquet de pin, vide, plus rien, téléphérique vide, point rouge sur ciel blanc vide.

Roches noires tout en bas.

Allez, Dauphine 1, on se fait la noire, mais au bout de la noire, il y a un grand grand trou, tu te souviens, tu habites là depuis l'enfance, tu n'oublies pas, tu dois tout donner pour passer, tu te souviens, c'est dangereux, mais tu sais, elle fait non de la tête, mais tu sais, vas-y, glisse, glisse, lâche les bâtons, ferme les yeux.

Je ne sais pas bien sauter, hurlé.

Vas-y, buste fortement plié, jambes fléchies, genoux serrés, regarde, les mains très basses à toucher la neige, pour donner plus de force à l'élan, on tient dans chaque main un petit objet, un bout de bois, qu'on pourra lâcher pendant le vol, poids du corps dans les talons, on essaye d'allonger sa parabole, je saute avec toi, ça ne risque rien, tu as le bon rapport masse musculaire, taille, longueur des skis, l'équation oiseau, tu verras, suis-moi, une pression considérable s'exerce sous les semelles des skis, les bras s'animent de mouvements symétriques, je suis dans l'air, hop.

Blanc.

Air pur, l'air-l'air formé des tourbillons de bruits infinis d'en bas, tout parle en bas, ce son-là de tout en spirale, que certains appellent Dieu, souffle qui monte et qui ne descend pas, souffle, pose-toi dessus, on y va, la Dauphine en premier, hop dans l'air combinaison jaune sur souffle blanc, on glisse entre les sapins noirs, file indienne en suspension, elle a les joues rouges, on marche sur le ciel, on est habitués, ça donne des larmes aux yeux, ça fait du vent, et puis à un moment donné, plus rien, terminé, disparue, l'accident, le vent, un geste minuscule, de trop, bien sûr, l'accident.

Adieu.

Il fait –17°, on file avec la Dauphine restante, déguisée le mieux possible, ça va vite, c'était urgent, on avait l'Urssaf au cul, mais aussi Interpol, le fisc, le conseil général, à cause de la kermesse truquée, le FBI, et une série de privés, fallait voir les gars sonder la neige avec les chiens surexcités, fini les vacances, prends le minimum, les bijoux, les toutes petites statues Ming, les cuillères en argent, pas d'électronique, des vêtements solides, une robe du soir, tes moonboots en poil de chameau, et basta.

Il fait froid.

Les roues cerclées de métal patinent sur la glace, le carrosse banalisé entame une glissade dangereuse, sur le petit lac gelé, on file dans la campagne, une fondrière, glace, et voilà.

Accident.

Un autre accident, c'est la série noire, c'est incroyable, voiture dans le décor, tonneau, ça ne va jamais s'arrêter, re-tonneau, carrosse noir dans l'air blanc, tonneau au ralenti, on va tous y passer, re-re-tonneau, terreur, en l'air avec des vivants dedans, c'est relativement lent, on a le temps de penser, de s'attendrir sur son sort, ces trous quand même, ces trous sur les routes, c'est incroyable, l'eau d'un torrent avait dû s'y déverser, puis geler, immense patinoire, on devrait incriminer la nature, on finira par se retourner contre les choses, couper les platanes des bords de routes pour éviter les chocs mortels, l'État contre Marronnier, ça se plaide.

Crac.

L'aile de bois verni du véhicule noir s'écrase comme une boîte de balsa sous une botte.

Je n'ai rien.

Silence de mort, sauf raclements de sabots sur la glace, plus un bruit, arbres gelés, nuages gelés, herbes gelées, moment de noir et blanc, une roue tourne à vide, vapeur.

Vapeur des morts ?

Je n'ai rien du tout, c'est incroyable, rien, ce sang sur mon bras n'est pas le mien, oh ma Dauphine ? mais c'est ma dernière Dauphine, je hurle.

C'est son sang ?

Elle est ? impossible, non, si ? à l'aide, non, secouer, embrasser, souffler de l'air, tenir, agiter, que faire ? on ne voit pas, on ne sait pas si c'est vrai, mais non, ce-n'est-pas-possible, terreur, rendez-la-moi, revenez en arrière, juste sa tête ouverte en deux, bouillie de chair, c'est la Bérézina.

Je hurle.

Le cocher a été projeté dans la nature à trois cents pieds, cape noire accrochée aux branches.

Et les chevaux ?

Les tuer ? les quatre ? jambes cassées, ruisseau de sang noir, yeux énormes, jambes battant l'air, silence, c'est problématique.

Les routes sont loin de tout.

J'aurais dû prendre un cheval au lieu de ce carrosse absurde, un attelage léger, je ne vais jamais m'en sortir. Un relais ?

Il y avait un relais quelque part dans cette forêt, mais où ? j'ai le temps, je suis bloqué, ça va durer l'éternité dans ce froid, cerveau tourne à vide, où c'est ? quel relais ? je ne suis pas amnésique, ce n'est pas un accident si important, les accidents je connais, pas de coma ici, pas de bizarre soudure entre des époques différentes, je suis comme avant, je ne suis pas modifié, quel relais ? chercher, je pourrais aller chercher ça dans son cerveau à elle, elle devait le savoir, elle a dit je connais la route sur le bout des doigts, déplier, gratter les petites alvéoles où sont cachés les souvenirs, ça ressemble à une morille albinos géante, où c'est ? chaque petit bout, viande des souvenirs, un filament arraché, c'est des millions d'images.

Quel relais ?

J'essaye de me souvenir de tout ça au moment où elle devient de la viande, elle va pourrir ? mais pas sur la glace, comment supporter ça, est-ce que je suis responsable ?

C'est de sa faute.

Le carrosse, en plus d'offrir un intérieur capitonné rouge sang, des guéridons escamotables, une cave à liqueurs, des couchettes hamacs dépliantes, inaugurait un système ingénieux de sangles de cuir enroulées sur un dévidoir et montées sur ressorts permettant de s'attacher en cas de turbulences et de cahots.

Ce qu'elle n'avait pas fait.

Nuit

Ohé
l'autre revient

Un imbécile.

Le type que j'avais emmené pour porter les bagages, l'ex-poète qu'on avait hissé des oubliettes, on avait bien besoin d'un cocher, à qui je n'ai pas adressé la parole, sauf juste après l'accident pour l'envoyer chercher du secours, courant, harassé, l'épée battant ses flancs, comme s'il se fouettait pour accélérer.

Aucun relais nulle nulle nulle part autour.

Bon, je réponds, ça va, ne répétez pas tout quinze fois, soyez pragmatique, on va devoir camper ici cette nuit.

On va faire un feu avec les carrosses.

La terre est trop dure pour enterrer les morts, ajouta-t-il, avec une gravité feinte.

Le feu grimpait dans le noir.

Les visages, les motifs, les armoiries fondent, comme des masques de cire, aucun loup sur les lieux, Oh, dit le poète, on dirait que la forêt est vide.

Reste du pâté.

Il n'est pas mauvais, c'est de la grive, goûtez ça, c'est ma mère qui le fait, vous savez, au lieu de toute cette histoire de littérature, je ferais mieux de monter une fabrique de pâtés avec expédition express, je suis sûr que des gens vont y penser plus tard, et il sera trop tard, les gens comme moi ne gagnent jamais un rond.

Il est à quoi, ce pâté ? je demande, pour changer de sujet.

À la grive, attrapées à la main, les grives, pas de filets qui étouffent, ça devient immangeable, pareil avec les poissons, faut les attraper à la ligne, vous savez, moi, j'aime surtout les petits oiseaux, le coup de la serviette sur la tête, on avale tout rond, et on ressort la colonne vertébrale, comme une arête, fffft.

Il y a des animaux partout.

Vous savez, poursuivit le poète, il faut avoir l'œil, les affaires ça demande du bon sens, plus vous grimpez au sommet, plus vous devez faire simple, ça demande un courage énorme, j'ai un ami qui étudie ce courage, d'ailleurs, scientifiquement, comme on le ferait d'un microbe, en l'isolant, en le dénudant des passions qui l'entourent.

Les arbres nous cachent la forêt.

Absolument, répondis-je pour essayer d'interrompre cette nouvelle thématique.

C'est un imbécile.

Pourquoi ce n'est pas lui qui est mort ? plutôt que ma Dauphine chérie, pendant tout le début du voyage j'avais imaginé qu'elle avait une fleur de lys sur l'épaule, au fer rouge, et j'essayais de voir ses seins qui tressautaient au rythme des cahots et de sa respiration à contretemps, ma boucle d'oreille en forme de petite poire noire avait dû lui plaire, elle me dévisageait avec gourmandise, comme si c'était la première fois, ça nous promettait un nouveau petit exil, en amoureux, un moment pour nous, on aurait vendu les bijoux de la couronne, un par un, on aurait acheté des jambons, des gros sacs de pommes de terre, un petit feu et hop, sous la couette, c'est exclu.

Le froid montait.

La forêt était immense, que faire ? tourner en rond dans la neige dans le noir ? creuser un trou ? trop dur, scier des troncs pour maintenir le feu ? avec une épée ? absurde.

Finir par bouffer ce type.

Prendre son manteau à col de fourrure, on aurait dû garder ce qui restait du carrosse pour s'abriter, on aurait dû, on aurait dû, etc., on devrait toujours faire autre chose, de toute façon il a eu peur, il est immangeable, dans les cendres il reste une bouteille de marc ultra-fort, marc de vigne, odeur de pourri formidable, les animaux reviennent.

Et on s'est endormis.

Il a fallu marcher.

C’est une bonne manière d’oublier ce qui précède, à chaque pas on se lave d’un instant du passé, à force il ne reste rien en arrière, on traverse de nouveaux paysages, on descend vers la plaine.
On finit par marcher vite sans douleur.

On cherche à rentrer chez les gens, un bol de soupe, mon brave ? à la classique, le coup du pèlerin, c’est vrai qu’en combinaison mauve déchirée, bonnet tricorne, après-ski en poils, baluchon rouge tenu sur l’épaule par un petit bâton, je ressemblais à plusieurs choses à la fois, ce qui complique, un philosophe gitan ? un alpiniste qui descend de la montagne et qui ne s’arrête pas de marcher ? un Roi errant qui cherche un tournoi pour se refaire ?

Il y a quelqu’un ?

Je compris que j'étais à la campagne, c'est intéressant la campagne.

Je ne connaissais pas.

Tous ces champs verts et jaunes, entourés de haies, ces petits coquelicots involontaires, ces ruisseaux.

Des ruisseaux bleus avec de la mousse.

C'est bizarre
on dirait un endroit malade.

Une allée avec un gros Défense d'entrer.

Cèdres énormes, signal de la maison bourgeoise, comme le drapeau de l'occupation d'un reste féodal, bien arrangé, Bien public vendu à la chandelle, et en avant, on reconstruit, on plante, allez, les arbres donneront la quantité d'ombre nécessaire à la dignité de la nouvelle famille.

Étendues sombres.

Pelouse noire, anti-jardin, c'est beau, vous avez raison d'admirer, mais c'est privé, commente un homme, apparu dans mon dos, fusil à la main, favoris énormes, sourcils en forêt, perruque poudrée, qu'est-ce que vous fabriquez là, je lui colle devant le visage mon énorme chevalière, ça vous dit quelque chose ?

Monseigneur.

Il s'étend face contre terre, et articule, avez-vous faim ? un déjeuner gothique médiéval ?

Du tonnerre.

Des pâtés avec des nains à clochette dedans, terrines de grive au miel ?

Idéal, merci.

Servez-vous, c'est du saucisson d'ours, ah, des royalistes ultra-croyants, il y en a encore au fin fond de nos campagnes, mon voisin est à l'Opus, voulez-vous qu'on lui téléphone, on pourrait se faire un petit bridge.

Non, merci.

Entrez, sous un feu vif et brillant tournait une broche garnie de cailles, de petits râles à pieds verts, d'une série de bécasses et d'une grosse masse noire.

On lui fout ça dans le cul.

On obture en taillant une croûte de pain attachée par un ruban, l'intérêt, c'est que là-dedans le gaz odorant de la bécasse tourne comme dans une montgolfière, l'ours farci maison, le septième art.

Non, merci.

Je déteste l'ours, je lui dis, je déteste le sanglier, je n'aime pas la viande noire, même s'il y a de la sauce, je déteste toutes ces choses, je préfère les câpres, les anchois, les trucs acides, vinaigre, etc., je suis ravi d'être là, mais je vais devoir vous quitter immédiatement.

Courir.

Voler un cheval, le plus beau, sauter les barrières, coursé par des valets avec des piques, grande allée, grande allée, l'ombre du cheval vole sur les platanes géants comme sur une toile peinte, grande allée, grande allée, le champ se rétrécit, on passe dans un jardin plus étroit, un couloir vert.

Au bout, une rivière.

Vous me faites traverser ?

Longue barque vert sombre, mais oui, montez, quelle épopée, je lui dis, pas de réponse.

Vous n'auriez pas quelque chose à manger ?

Planche au centre, sortons les grillons, les grillons ? comme des rillettes mais haché plus gros, avec des morceaux de graisse pure, je suis voué au pâté, c'est une malédiction, c'est gros les morceaux dedans, éclats de graisse de porc, j'en balance dans l'eau, dit l'homme, ça attire des monstres.

On pêche au poisson mort.

On passe l'hameçon de quatre par la tête, regardez, ah, quand on ne le fait pas soi-même on ne s'y fait jamais, hein, c'est comme les rosiers, trois yeux, crac, où ils sont les yeux ? tu ressors la pointe par la bouche, une olivette de six grammes, et en avant, il faut mimer la course d'un poisson malade, n'oubliez pas que le prédateur est paresseux, à force.

J'ai une touche.

Ferre, mais ferre-le, attention, pas dans les branches, laisse filer, je le vois.

Ah il est gros

Sandre ? non
broooooooochet

Trop gros
la gaffe ? le le, par les ouïes.

On le remet à l'eau ? comment on remet ça à l'eau ? mais on va le manger, si, on va le manger, laisse-le.
Quoi, le No-kill ?

Vous remettez les poissons à l'eau ? mais les poissons piqués à la lèvre vont mourir, je lui dis froidement, et ce n'est pas parce que c'est vous qui avez empoissonné ce bras de rivière que vous avez le droit de jouer avec eux, les reprendre et les relâcher, salut la truite, je te reconnais, vous allez créer une génération de poissons déprimés, mieux vaut mourir tout de suite, il faut que j'intervienne, mon nom c'est saint François, ça te dit quelque chose, les animaux reviennent.

Va y avoir une vengeance des cieux.

C'est là en général, je poursuis à l'intention du pêcheur bouche bée, qu'une personne se fait piquer par le serpent fer de lance, mortel, ah, on a tué trop de singes juste pour étrenner sa nouvelle carabine, trop de singes pour le plaisir, pas pour la consommation raisonnée.

La nature va s'occuper de vous.

Ah oui, répond le pêcheur aux moustaches tombantes, eh ben ?

Eh ben voilà.

Je lui enfonce une dague que j'avais dissimulée dans mon manteau, No-kill, mais bien sûr.

La campagne, parlons-en.

Il faut marcher, c'est long, je marche tout doucement, bord de lac noir et blanc, ça repart, les roues dentées, action, moteur, petite personne qui traverse le paysage, retour aux origines, ça sent l'écurie, petite figurine en bout de route, je suis un point saillant sur la courbure de la Terre, poum tout s'arrête.

Ah c'est plus grand.

Séquoia gigantéa, tout est plus grand, la nature est énorme, je ne savais pas, je n'avais rien vu.

C'est immense.

Dans une forêt ergonomique à effets tournants, quand on marche, c'est comme ça, les choses pivotent au ralenti, et quelquefois, ah, forêt fixe, les oiseaux s'arrêtent en plein vol.

Et soudain la vie reprit son cours.

Glouglou, pénéplaine, ruisseau, ça remarche, on retrouve entre deux pierres la couverture ? l'étiquette ? d'un paquet d'hameçons, à la typographie assez ancienne, un pêcheur sumérien ? j'ai le cœur froid, je ne suis pas à sang chaud comme le chasseur, pour moi la nature n'est pas un crible à déchiffrer, où les usages techniques donnent une forme à tout, si un tracteur doit faire un demi-tour pour accéder à une partie du champ, le losange formé au sol par les pneus finit par architecturer la terre, comme un camp romain, ou une motte féodale qui apparaît dans une clairière, le type voit ça en une demi-seconde, tiens c'est Charles, tiens c'est le beau-frère de Jojo, il ne dit pas Appelons les Monuments historiques, pas de délire, pas de formes, un paysage ultra-concret.

Pour moi c'est simplement beau.

On pourrait rester là dans cette clairière idéale, déplier une tente, ou lever les yeux au ciel, et suivre les troncs, et là ? non, celui-là ? si on fixait une poutre, etc.

Construire une maison dans les arbres.

Si je savais dessiner ça irait plus vite, moins d'erreurs, mesures plus exactes, moins d'escaliers de travers, toit raté, etc., on ne comprend les bons gestes qu'à la fin et c'est trop tard, il faudrait recommencer, mais bon.

Souple.

Je pourrais le faire en souple, pas en dur, avec des branches de saule bien molles, on tresse une sorte de cage, avec un petit toit, on entrelace des lianes qui viennent du sol, on dirige les branches neuves, on les palisse, on brode sa maison, on greffe des arbres à fruits.

Tout en bas, l'humus travaille dans le noir.

La sève, envoyée par des pompes énergiques et secrètes, grimpe jusqu'à moi pour muscler mes murs, ah, la campagne, on pourrait en faire des odes, en voilà un paradis, bonjour les amis, salut les oiseaux, on fait des rondes de branche en branche, ffffff-ffffff.

Un lapin blanc ?

On rejoint le village par l'arrière, en prenant en traverse, sauter les clôtures, si l'on est en tenue de sport ça glisse, on va vite, hop, attention aux barbelés, on prend la tangente qui mélange la nature et la culture, un bout de champ abandonné, un jardin vu du fond, une courette avec des géraniums, un ancien chemin de ronde bordé de fossés tristes.

Un torrent avec un petit pont.

Les petites pierres brusquement sous-marines rappellent que la mer ici recouvrait le paysage, peupliers sous l'eau ? prairies au fond des falaises ? poissons-oiseaux ? ici il y avait la mer.

Ici la mer.

Un chien enterré dans une pelouse-prairie, du temps où on fauchait les jardins comme des prairies, meules près des roses, etc., le chien s'appelle Stop, carnages dans les pierres, je suis tous les animaux à la trace, on retrouve les souvenirs associés, c'est comme ça qu'on fabrique un totem.

Vertical, le chien ?

On peut s'enfoncer dans les petites formes blanches dans la tranche des pierres, coquillages, demi-lunes, miettes de cœlacanthe, squelettes d'oursin, dessins de petits êtres, je rentre dedans.

Héros fossile.

Je sifflote, je traverse, je saute des prairies d'un bond, je franchis les rivières.

J'ai mangé du kangourou autrefois.

On file, on roule, la nuit on roule en voiture, j'avais volé une toute petite voiture, mais assez puissante, une Morris surgonflée pour faire des rallyes, peut-être.

Cigales la nuit ?

On file dans la nuit chaude, on peut toucher les blés par la fenêtre, on découpe le paysage en courbes tendres, à chaque vitesse, il y a un palier, le moteur s'arrête une milliseconde, effraction des bruits de la nuit, moteur, alignements de meules blanches, on dirait des pierres, on se demande pourquoi, on oublie, on roule, tout va bien, on se souvient de tout.

Oh, ma Dauphine.

Prise dans le cercle magique de la mort, flaque d'eau, toute seule, chose pour la loi, chose vue, autopsiée et reconstituée sur la soie blanche du cercueil.

Chose de personne.

Je roule, je roule, j'ai des pensées funèbres, je suis influençable, j'ai vu des morts, silhouettes de bois noir découpées, sécurité routière, pour indiquer l'endroit des tués sur la route, oublions.

Campagne rapide.

En fait c'était des gens, de dos, bien vivants, trois ? promenade chacun à son rythme, chacun dans ses pensées, comme encordés pour une petite balade qui se transforme en expédition, allez c'est bon, pas de superstitions, oublions, départementale en ligne droite, pleine nuit, phares blancs, soleil en esprit, là où on pense possible d'accélérer, on est déjà à 180, direction platane, droit sur angle mort, et pan dans le décor.

On devient un ange.

Avenue Lumière

Si on regarde de haut, là où nous sommes, on voit une rue préservée, fermes miracles au fond des impasses, enfance de la ville, châtelets biscornus emportés par la glycine, jardins orphelins, maison de poupée par satellite, on s'approche au galop, en rentre dans les feuilles, bruit de vent et de branches cassées, il y a quelqu'un ?

Un homme dans une cuisine ?

Parfait, quelqu'un se réinstalle, enfin seul, dans quelque chose qui ressemble à une île, une île sans naufrage, ni ruptures, ni épreuves, ni problèmes, quelqu'un est assommé et se retrouve étendu sur le sable avec des crabes plein les cheveux, où suis-je ? une île sans charme, où l'on est toujours déjà, retour maison après coma, on connaît, on se réveille, on se dépêche, au travail, téléguidé, on construit l'abri déjà-vu machinalement.

Une île où on arrive sans drame.

J'ai une nouvelle cuisinière à deux fours, avec une plaque plus ou moins chaude, si l'on s'approche du centre, avantage, on peut laisser clapoter un gigot l'éternité, confire des citrons au ralenti, oublier des tomates, une hotte en acier extrait 50 m^3 à la minute, tourner sans un bruit, la grosse molette d'une radio intégrée au mur en forme de cadran de voiture, trouver la bonne station qui affiche dans un écran ses programmes, en temps réel, on peut effleurer chaque nom pour ouvrir une porte dans des documents explicatifs, le moindre morceau de musique ouvre à son tour en feu d'artifice une salve de fenêtres, sur tout ce qu'on veut, thèses énormes sur les mouvements de mode ou des images de design de guitare depuis la guerre, des films avec des bombes au ralenti, immeubles qui s'écroulent, œuf géant qui se fendille, des graphiques de sexe, des classements des choses préférées du plus grand nombre, des fiches cuisine, des articles de journaux agrandis et en correction perpétuelle, et si l'on reste dans le domaine musical, des comparaisons entre différents styles, c'est intéressant, comment chaque musique a dévoré l'autre ? on superpose les contours de chaque échantillon musical, pour en garder des traits mais habités par un autre diable, une autre manière de bouger, c'est intéressant.

Tout est intéressant.

Et tout au bout, on tombe sur un seul texte explicatif, si on cherche bien, une zone où toutes les questions se résolvent en un texte unique et supérieur, en images, comme la fumée prend le corps d'un djinn.

Divin.

C'est curieux, le texte avance en repartant sans cesse en arrière, reculer pour mieux sauter, drôle d'histoire à rebours qui reprend les problèmes d'avant en les projetant dans le temps, comme on jetterait une valise devant soi pour avancer plus vite, on les soulève, en les roulant vers l'arrière, les remalaxe en arrière pour prendre de l'élan, et hop on avance.

Une vague.

On est dans les deux sens, on comprend tout autrement, comment une loi moderne est enroulée dans le passé, petit geste de doigt circulaire qu'on adresse à l'homme derrière la vitre d'un studio pour lui demander de remettre la bande au début.

Merci du conseil.

On fait un saut périlleux arrière, une pensée comme un parcours de gymnaste sur la diagonale du tapis.

Hop.

C'est vrai que si on ralentit à l'infini une bagarre générale, on obtient une méditation zen, chaque doigt se déplie en respirant.

Bonjour les révélations.

Je coupe ça, je regarde ça, non, je coupe, oui je garde, je colle ça avec ça, en arrière, mon cœur mis à nu, et ffffft fait la bande douce, la bande magnétique dans sa boîte métal, on compare, on incruste, on superpose, on comprend que les sensations sont des choses.

On peut les toucher

Des machins en volume
hérissés

Ah

On peut les faire tourner dans l'air
de l'autre côté

À l'envers
tout est net.

C'est fini l'époque où l'on voyait les choses et les êtres avec un équilibre de flou et clair, taches que le cerveau décode en une milliseconde, ah, c'est mon père.

C'est X

C'est Y, c'est un chat
mais non

C'est un éléphant.

Tout est net jusqu'à l'infini, les pores de la peau nous crèvent les yeux, même netteté jusque dans les plis, tout est plissé et précis, le narrateur embrasse sa dulcinée, il voit l'émail de ses dents à cent mètres, il peut compter le nombre de cheveux par mèche, il tourne autour du grain de beauté, au moment du baiser, le moindre frémissement de sa lèvre supérieure actionne des milliers de petits palpeurs qui entourent la lèvre adverse, miam.

La technique c'est bien.

On accumule les calques, on réajuste les patrons successifs sur les formes en bois, comment des questions du jour, apportées successivement comme un vent frais, sont dépliées, réenroulées dans une chambre intérieure sur mesure, l'âme du cerveau, ça produit de la chaleur paradoxale.

Vous sentez bien que c'est un étrange bonheur.

Un petit saint est assis là, tranquille, vaguement au travail, penché sur ses écritures, petit bouquet de verveine bleue, caisses de bois avec orangers nains, caressant la tête de mort vernie posée à côté de lui, deux perdrix indifférentes se baladent à ses pieds, un petit ruban de couleur les différencie, on peut presque leur parler, elles picorent l'air de rien, et le tapotis de leurs pattes découpe le temps en secondes aléatoires.

Bienvenue dans l'éternité.

À l'intérieur de ce qui ressemble de loin à un tableau, la chair des bêtes bouillonne, ça brûle au fond, un ruban de conscience, le cerveau fait le va-et-vient entre les blocs des cellules, messagers ultrarapides renseignant en temps réel sur l'état des organes, souffrance ici ? non, parfait, brûlure là ? réparée, problème dedans ? réparé, et ici ? vu.

On consulte sa vie pareil.

Les souvenirs de soi et ceux de tous se réduisent en images simples, à prendre ou à laisser, je coupe ça, je regarde ça, non, je coupe, oui je garde, je colle ça avec ça, prendre une image, tiens.

On revisite tout ce qu'on veut.

Comme dans les photos en relief où l'on peut s'infiltrer dans les détails, bout de bottine pointue.

Dentelle dans un coin
1830

Axe de lumière dans poussière

Volute des nattes, arabesque du tapis
paravent

Chinois
1952

Oh c'est ****, avec ses moustaches

Dring, dring
dring

Interphone insistant.

Déjà quelqu'un, eh bien, quand on parle du loup, pitié, je voudrais être seul, je dis à la voix qui insiste, je viens de rentrer d'un voyage exténuant, ce n'est pas possible, j'allais dormir, je me reconstruis, etc., je parlemente, tout y passe, rien n'y fait, bon alors, cinq minutes, je suis crevé, il ne manquait plus que lui, tout ce trajet pour revenir au départ.

Ça rentre, ton fauteuil ?

Écoute, voilà, je suis à bout, je reviens d'une histoire effrayante, c'est comme si j'avais vécu mille ans.

Si on dit que trois jours, c'est trois ans.

Et on parle comme ça sur la terrasse, lui dans son fauteuil, sans un mot, il ne parle plus ?

Seigneur
j'avais retrouvé mon frère

J'avais retrouvé mon frère
j'avais retrouvé mon frère

Écoute.

Tu sais, je commence, quand on retombe les deux pieds sur terre, ça va mieux, j'ai cru bien faire en essayant de m'intégrer, au lieu de traverser les choses, je regrette, je ne savais pas.

Il y a des désillusions.

Alors que si l'on voit le monde comme une succession de cercles emboîtés les uns dans les autres comme des poupées russes, ou à plat, comme sur une carte, tu te souviens des ensembles vides ? les parties se chevauchent, on traverse sans encombre le portulan.

Des taches de coquelicots dans des champs de blé.

Tu m'avais prévenu, ce serait dur, je ne savais pas à quel point, un paquet d'illusions perdues, mon vieux, c'est classique, la claque.

Toi, il ne t'arrive plus rien.

On dirait que tu es embaumé, tu ne veux pas dire quelque chose, dis oui avec la tête, si tu comprends, on dirait Apollinaire avec son turban, mi-médical, mi-fakir.

Coquelicot ? dit-il.

En regardant le paysage, comme s'il ne l'avait jamais vu, c'est ici, ce sont les trois tilleuls, il n'y a pas de coquelicots, c'était un exemple, c'est la terrasse ici chez nous, tu viens d'arriver, etc.

Tout va bien.

Il n'est que six heures du matin, mais je peux commencer à éplucher les ris de veau.

Six heures.

C'est un peu tôt, mais je ne pense qu'à ça, les faire tremper à l'eau froide, puis les blanchir à l'eau bouillante, et re dans l'eau froide, aplatis dans un torchon bien plié sous une planche pas trop lourde et après on verra si on les fait à la poêle.

On peut les braiser.

Je n'y crois pas, les griller en brochettes ? non plus, je ne vois pas comment un truc aussi mou peut tenir enfourché, en beignets, en feuilletés, en gratin ? ça complique, comme les vol-au-vent, la béchamel, non, ça me dégoûte, je vais les poêler, légèrement panés, au beurre et flambés au cognac, coupés en escalopes assez épaisses pour que ça reste tendre dedans, le problème c'est d'en trouver des bons, un veau très jeune et qui gambade dans des prés à l'herbe encore pure, c'est impossible, c'est un filtre à nitrates ce morceau de viande de bébé, il faudrait les élever dans un parc naturel sous verre.

Cette glande disparaît chez l'adulte.

Dangereux, acides nucléiques en masse, le ris de veau, impossible, overdose, ce n'est pas bon pour mon frère, il n'a pas le bon régime, il va mourir à petit feu comme ça, c'est idiot de boire autant, surtout du gin pur, le sucre en plus envoie le truc dix fois plus fort dans le sang, on va se manger du riz à l'eau et du jambon, c'est idiot de vieillir, ou alors, un potage à la tomate, glacé ?

Tu m'écoutes ?

Est-ce que je peux te dire quelque chose d'un peu compliqué ?

Il esquisse un sourire.

Voilà, si on essaie de mettre en cause ses illusions, qu'on déchiffre son roman familial par la grille d'explication de base, celle qui est fournie à une époque donnée, celle qui mélange pensées sublimes et discussions de comptoir, on obtient une deuxième version, voilà, merci, tout ce que je raconte est faux, oui, j'ai été violé par Truc, oui, je n'ai pas fait le deuil de Y, il y a une douleur cachée grosse comme une maison, l'idée de base de la version II, c'est qu'on refoule la vérité, c'est la théorie du nez au milieu de la figure.

Le Roi est nu.

Version II, bon, et après, on se dit, non non, c'est trop facile, ça ne tient pas debout, c'est juste le contre-pied de la version I, ça ne sert qu'à trouver une raison, à partager une explication, à faire une confession, on arrive devant les gens et on dit Stop, je sais, fierté, je sais très bien que la version I est fausse, je vais vous expliquer pourquoi, j'ai ma version d'ailleurs, ce n'est pas la II, c'est une autre, la III.

C'est là où le chaman te laisse t'embrouiller.

On se débat, on part du principe que ce n'est pas ça, on part d'une déception, la deuxième version n'est pas la bonne, ni la III, qui vient d'une tristesse, qui est une réaction, alors on mélange tout, on fait la IV et la V, versions jumelles, on repique les illusions dans leurs soi-disant explications, on retisse l'un dans l'autre, c'est la spirale, voici la VI.

Et on est foutu.

Et si je faisais la conférence ?

Si, la conférence sur moi de réadmission au club, maintenant que j'ai une expérience folle, ça devrait intéresser ces gens, surtout la Cour royale, c'est plein de références et de leçons à tirer sur le monde moderne, j'ai pris des notes, j'ai des choses éparses, dans tous les coins, il faudrait qu'on rassemble tout ça, je suis sûr que ça fait un ensemble cohérent, j'ai de la bouillie dans la tête, mais des sensations persistantes, je m'accroche.

Neige
toutes les formes de neige

Roi

Toutes les formes de Roi
pourquoi, comment, etc.

Un nid

À quoi ça sert
je montre des images

Relier les éléments par des phrases

Qu'est-ce que tu en penses ?
dis

Silence.

Et si je faisais un film, c'est le mieux pour raconter tout ça, pensais-je, brusquement soulagé, pas de conférence, je m'en fous de ce club, je choisirai un scénario qui me permettra de raconter des choses qui ne vont pas de soi ensemble, et ça ira comme ça.

Pratique.

Si je veux raconter mes souvenirs, par exemple, eh bien on trouve un moyen pour que le héros passe dedans, ou on le fait rêver à ce moment à ****, le type est étendu et crac il rêve à ****, si je veux montrer ce que c'est que voler, je filmerai l'extase d'un sauteur à ski, on ne saura pas si c'est un documentaire ou une reconstitution, c'est ça la liberté.

Un type rêve à ****.

La maison tremblée, briques peintes, petit jardin devant, jardin de province en longueur à l'arrière, meule de foin au bout, pommier au centre, et des oiseaux, très actifs.

Oiseaux chanteurs.

On est aux premières loges dès le lever du jour, des trilles de métal, des harmoniques ruban d'acier vibrant, langue de rossignol, corde d'alto, en avant les violons, on programme son quatuor.

On peut faire ça avec tout.

Avec un film, c'est beaucoup plus pratique qu'en parole, je peux tout lister, effacer ou même arranger les situations conservées en mémoire, et si c'est un rêve filmé, alors tout est permis, ça condense, ça cavale, ça allégorise, c'est la poésie en direct, un paysage hanté de vie pure, mais il y a quelque chose qui ne va pas, qu'est-ce que tu en penses ?

Et la réalité là-dedans ?

Et la chronologie ? les liens logiques ? le rêve ça ne marche pas, on a une sorte d'unité de lieu et d'action, le type est au lit, il ne bouge pas, temps mort, et le cerveau voyage avec ces oiseaux, c'est insuffisant, ça ne prend pas en compte tous les petits bruits, cris étouffés à l'étage, porte qui claque au loin, marteau-piqueur tout en bas, sonnerie du laitier, sirènes en banlieue, incendie ici.

Coq enfermé dans l'animalerie.

Et puis au fond, le rêve, on est toujours en dessous, c'est décevant, il faut que le rapport d'échelle change en temps réel, il faudrait que le rêveur lui-même se modifie dans son rêve, Alice, au moment ou elle grandit, devient plus petite qu'elle n'était, mais où le devient-elle ? dans le vide ? on pourrait tracer des points, en imaginant que le blanc est épais, qu'il y a de l'air en profondeur, comme ça, ****.

Va mettre ça dans un film.

Habitons ensemble, on n'a pas réussi autrefois, on faisait trop la fête pour habiter quelque part, ici, on est sûrs de rester, Pauline viendrait, on serait tous les trois, on fera des jeux sur le grand tapis, on se filmera, on mettra bout à bout toutes les petites scènes de la nouvelle vie de famille, en accélérant les mouvements, pour ne pas ennuyer les gens avec des détails.

T'entends ces oiseaux ?

Si tu veux tu restes avec moi, on s'éclaire uniquement à la bougie, chandeliers en argent, dandys à la retraite, on fera des plans inclinés pour ton fauteuil à la place des escaliers, on a nos armes sur les batteurs à œufs, gravées sur l'économe, stickées sur nos enveloppes, on lancera des invitations, on aura plein d'amis communs.

Les enfants, à table.

On verra l'espace se démultiplier en fonction des nouveaux arrivants, escalier dérobé, portes-fenêtres, trappes, salle de bal, passerelle, souterrain, viens par là, suite de la visite, regarde, en dessous du pseudo-jardin, les ruines d'une fortification, on a découvert ces marches, on a de la marge, on peut s'imaginer habiter un château, c'est mieux.

Trilles du merle.

Tu n'auras qu'à me siffler, je m'occuperai de toi, trois coups longs suivis de deux brefs égale je veux des croûtons avec mes épinards, avec du fer dans le corps, on reprend vie, on respire, on cavale dans la campagne, tu vas voir, une goulée d'épinards, et le gars fonce dans le paysage, terminé la paralysie, l'infection, la cécité, le rhume des foins, on plonge dans les meules, on s'accroche à des falaises pour voir la mer de plus près, tu seras sauvé, on sera sauvés, on fait le sanglier dans les mares, on lit les livres à haute voix en haut des arbres, on met des haut-parleurs, annonce de Futur II, tu vas revivre ta vie dehors.

Ouh-ouh ?

Une autre personne rentre dans le champ
trace rose et cristal.

Pauline ?

C'est toi, comment ça va ? surprise, ah, on est bien tous les trois, t'as maigri, non ? c'est bien ce petit haut, c'est en quoi, en daim ? on ne dirait pas du daim, surtout framboise, tongs en or, elle a l'air en forme, mais ta robe est complètement transparente, c'est le nouveau truc ?

On fait tourner des tables ?

Très bien, installons-nous, elle inspire profondément, bon, pour rassurer les esprits, on va sortir du conte et on va y revenir de l'autre côté, elle inspire, hop, je me plonge dans le décor, oh, je vois.

C'est comme dans la boule de cristal.

Je vois des formes, dit-elle, ce ne sont pas des paroles, mais des choses avant la musique, des dessins, des plans d'idées, où une flèche suffit à dire très vite le temps, dit Pauline d'un air pénétré, il y a des descriptions, ça vient se coller entre les phrases et les sons, comme un ciel bleu suit impeccablement les contours d'un immeuble.

Je le vois.

On cherche les esprits.

On parle avec eux, tranquilles, sur le canapé, les yeux en l'air direction ciel déjà bleu clair par soupirail, en se tenant par la main.

Je suis en vie.

Et le matin se termine par une longue paperole, une parabole ralentie, épilogue chuchoté, je suis en vie, spirale comme une pousse se déroule cherchant un appui en l'air, lentement, je suis en vie, oh, merci, je chantonne.

Pauline, tu sais ce qui m'a fait le plus de peine ?

Avec du recul ? le truc le plus dur ? la Dauphine n° 1, tu ne l'as pas connue, la première, l'accident, ça m'a frappé, un choc dans l'air, tout allait bien, tu sais on saute, tu te souviens le saut à ski, visualise.

Combinaison jaune sur souffle blanc.

On glisse entre les sapins noirs, file indienne en suspension, tu vois la scène, on marche sur le ciel, ça fait du vent, et puis à un moment donné, plus rien, terminé, disparue.

Adieu.

Ça m'a serré le cœur de la voir comme ça disparaître, toute petite, à quoi pensait-elle ?

Quelle idée ?

Toute petite figurine qui disparaît en bout de route, quand les lignes se rejoignent sur un dessin, petit point, piqûre à l'infini, comme on s'enfonce dans le calcul du génome, ça s'arrête en bout de papier.

Ce qui serre le plus le cœur.

Qu'elle se soit repliée sur une seule pensée, comme on enferme un ours miniature dans les bras, chose de personne.

Je ne fais que passer.

Comme un poisson n'appartient à personne ni l'eau dans laquelle il nage, si les eaux sont libres, sorties du lit, lac éphémère.

Une idée simple enfermée dans un cœur simple.

Il faudrait lui proposer une complexité bienfaisante, une bonne théorie pratique où rien n'existe jamais seul, toujours mélangé à l'infini, les petites cellules agitées au bord de chaque chose, vibrations, libellules.

Feuille d'épinard contre glaïeul.

Table

Achevé d'imprimer en novembre 2006
dans les ateliers de Normandie Roto Impression s.a.s.
à Lonrai (Orne)

N° d'éditeur : 1970
N° d'édition : 147949
N° d'imprimeur : 063098
Dépôt légal : janvier 2007

Imprimé en France